JN249436

日本児童文学者協会70周年企画　児童文学 10の冒険

# 家族のゆきさき

編
＝
日本児童文学者協会

偕成社

児童文学 10の冒険

# 家族のゆきさき

児童文学10の冒険

家族のゆきさき　もくじ

## 凡例

- 本シリーズは各巻に三～五点の作品を収録した。
- 選集、全集などの単行本以外を底本とした場合は、出典一覧にその旨を記した。
- 一部の作品は著者が部分的に加筆修正した。
- 漢字には振り仮名を付した。
- 表記は原則として底本どおりとし、明らかな誤記は訂正した。また、本文中の一部に現在では不適当な表現もあるが、作品発表時の時代背景などを考慮し、底本どおりとした。

# わすれてもいいよ

渋谷愛子（しぶやあいこ）

# きょうだいげんかは、おとなもする

「いったい、いくつになったら、きょうだいげんかをしなくなるの？」

ぼくとおねえちゃんは、お母さんにしょっちゅういわれる。

きょう、家に帰ると、お母さんは、お母さんの妹のなおちゃんと、きょうだいげんかのまっさいちゅうだった。

ぼくは、おねえちゃんの部屋にひなんした。

「なんで、けんかしてるの？」

「なおちゃんの友だちの木村さんって、おぼえてる？　なおちゃんの引っこしのとき、花やパンダもようのまきずしをつくってきてくれた人。」

「ああ……。」

おすしは、はっきりおぼえていた。

「その人がどうかしたの？」

「一週間入院して、からだのくわしい検査をすることになったんだって。なおちゃんが『一週間だけだから、そのあいだあずかるやくそくした』っていったら、お母さんがおこった。」

「あずかる？　犬かねこ？」

「どっちも、はずれ。」

「わかった、ハムスターだ！」

「もっと、もっと、めんどうくさいもの。こ・ど・も。もうすぐ二歳になる男の子だってさ、かわいくなーい！」

おねえちゃんは、鼻にしわをよせた。

ぼくは、女の子よりはましだと思った。

「しょっちゅう遊びにきていて、なおちゃんにすごくなついているらしい。」

「でも、なおちゃんはひとりぐらしだし、会社はあるし……。」

「昼間は、いつもいってる保育園にたのむから、だいじょうぶだって。でも、なおちゃんはあまい。小さい子はた・い・へ・ん。」

おねえちゃんは、ジローリとぼくを見ていったので、ぼくはブーッとふくれた。

「ぼくは、二歳じゃないぞ！」

おねえちゃんは中学生になったとたん、きゅうにぼくを子どもあつかいするようになった。

ちょっとまえまでは、いっしょに小学校にいってたくせに。

「はち植えのお花や、ペットをあずかるのとはわけがちがうって、お母さんは、もう反対だよ。」

「その子のお父さんは？　いそがしいの？」

木村さんはりこんしていて、相手の人は海外に転勤したばかりだそうだ。そして木村さんの両親は、かなり年をとっていて、からだのぐあいがよくないらしい。

「検査のための入院ぐらいで両親に心配をかけたくないから、旅行にいってることにして、ないしょで入院するんだって。でも、いくらなかがいいからって、友だちに子どもをたのむなんて、ずうずうしい。ひきうけるなおちゃんも、おひとよしすぎる。友だちづきあいって、てきとうにやらないとそんするかも。気をつけようっと。」

おねえちゃんがいった。

なおちゃんは、ぼくたちに声もかけないで帰っていった。お母さんと、なかなおりができなかったみたいだ。

## 小さいほうがとくか？

めずらしく、たかしくんがちこくしてきた。

たかしくんの目や鼻のまわりはまっか。泣いたあとだって、すぐにわかった。

「妹がやぶったんだ。」

テープではりあわせた、宿題のプリントをだした。

たかしくんには、二歳の妹がいる。

「はらたつのは、『どうしておき場所をよく考えなかったの？』って、ママはおれをおこるんだ。クソー、なんでおれがおこられなきゃならないんだ！　いつでも、小さいほうがとくするんだ。」

ぼくはおねえちゃんより、とくしているとは思えない。いつもおねえちゃんにいばられて、大きいほうがとくだと思う。

たかしくんの妹は、なおちゃんがあずかりたいといった子と、おなじくらいだ。

あのあと、なおちゃんからの連絡はないけれど、どうなったのかな？

## まもくんがやってきた

きのうの夜十時、おおさわぎになった。

うぎゃあ、うぎゃあ、泣いている子をだっこして、とつぜんなおちゃんがやってきた。

なおちゃんも、泣きだしそうな顔をしていた。

「もしかしてその子……。」

お母さんがきいた。

「ま、み、む、め、まもくんでーす！」

なおちゃんがこたえた。とたんにそりかえって泣いていた子が、ピタリと泣きやんだ。

「ふあーい！」

手があがった。自分の名前をよばれたので、手をあげて返事をしたらしい。

そして、すぐにまえよりもっとひどい声で泣きはじめると、「ぐえぐえっ！」とせきこんで、ふんすいみたいにはいた。

「ひええ！」と、ぼくはとびのいた。

お母さんに反対されたけれど、なおちゃんは友だちの子ども、まもくんをあずかっていた。まもくんは、あずかる前の日から高い熱をだしていた。看病で会社を休んだなおちゃんは、仕事がいっぱいたまって、ついにまもくんをつれてやってきたんだ。

「だから『むり』っていったでしょ。」

お母さんが、いばったようにいった。

歩けるけれど、まだことばは話せない。

「まみむめ、まもくん。」

「あーい！」のへんじはできる。

木村まもる、まもくんは、一歳十か月の男の子だった。

## カメ吉、ベロベロになる

目がさめると、まもくんがベッドの中のぼくをのぞきこんでいた。

目が合うとニーとわらった。

「お、おはよう……。」

まもくんの口から、タラーリとよだれがたれてきて、ぼくは、はねおきた。

頭がでかくて、ほとんど三頭身。かみの毛はクルクルはねあがっている。足をひらいて、がにまたで歩いている。おしりがモコモコしているのは、紙おむつのせいだ。

ゆうべはうちにとまったなおちゃんが、手帳のスケジュールとにらめっこをしていた。

お父さんがテーブルにひろげて読んでいる新聞に、まもくんの手がのびた。

ビリビリビリ。

「あっ、だめ！」

お父さんがあわてて新聞をおさえた。

「ふええ……。」

まもくんは、口をへの字にして泣きだした。

「お父さんったら、大きな声をださないでください。泣くと、また熱があがるでしょ。」

お母さんに注意されて、お父さんはムスッとした顔になった。

「夜じゅう泣いて、うるさかったねえ。」

おねえちゃんが、おきてきた。

「ねぶそくでふらふら。きょうのテストの点がわるくても、もんくをいわないでよ。」

「よかったね、いいわけができて。」

ぼくをにらんだおねえちゃんが、「きゃあ！」と声をあげた。

「食べてる！　わたしのカメ吉を。」

おねえちゃんが、友だちとおそろいでカバンの横にぶらさげている、カメのマスコット、カメ吉。それをまもくんが、くわえていた。

「あはは、まもくんの朝ご飯はカメ吉だ！」

ぼくはわらった。

「食べものじゃないの！　なめちゃ、だめ！」

おねえちゃんは、とりかえそうとした。

「ふぎゃー！」

泣きながらもまもくん、緑色のカメ吉をしっかりつかんではなさない。

「はなしてよ。やだ、よだれでベロベロ！」

「ベロベロでもなんでも、泣かせるな！」

お父さんが大きな声でいった。

まもくんは、もっと大きな声で泣いた。

おねえちゃんは、ブンブンおこって、なにも食べないで学校にいってしまった。

## 育児します

「なおちゃんのかわりに、うちでまもくんをあずかることにするわ。」

お母さんがいった。

「えーっ、うそ！　なんで、他人のわたしたちが、育児しなきゃなんないわけ？」

おねえちゃんが、ふくれた。

「すこしのあいだだもの。お父さん、いいでしょ?」

「いいもなにも、しかたがないだろう。」

このごろいつもふきげんで、つかれたような顔をしているお父さんが、返事をした。

「だけど、いつでも協力できるわけじゃない。」

「だいじょうぶ。お父さんはあてにしませんから、ご心配なく。」

「なく」のところに、お母さんは力をこめた。

このごろ元気がなかったお母さんが、やけにはりきっているのが、ふしぎだった。

「まさかお父さんも、お母さんみたいにリストラされないでしょうね。」

おねえちゃんがきいた。お母さんは、スーパーのパートを、やめさせられたばかりだ。

「ぜったいだいじょうぶとは、いえない。いま、会社はたいへんなところだ。」

「えーっ! 育児どころじゃないよ!」

おねえちゃんがキーキー声をあげた。

「めいわくをかけて、すいません……。」

なおちゃんは、小さくなっていた。

「わたしは、テニス部の練習で帰りがおそいし、勉強だっていそがしいし。まもくんは、ひまな小学生に、まかせる。」

おねえちゃんは、ぼくにおしつけた。

「おねがい勇太。ちょっとのあいだ、まもくんのおにいちゃんになってくれる？」

なおちゃんのたのみに、いやとはいえない。

なおちゃんは、ぼくを遊園地や映画につれていってくれる。たん生日のプレゼントやお年玉だって、いつもふんぱつしてくれる。

「わかった。ぼく、育児するよ。」

ぼくがいうと、おねえちゃんがふきだした。

「勇太が、育児？」

「まもくんの育児は、ひきうけた！」

ぼくの育児参加宣言だ。

まもくんは、ぼくのことが気にいっているらしい。ぼくにはうれしそうにわらうし、くっついてくる。けっこう、かわいいんだ。

「まもくんは、勇太を『おむつなかま』だと思っているんじゃないの？」

おねえちゃんが、むかつくことをいった。

## 見てるだけ

ぼくは友だちのさそいをことわって、いそいで学校から帰った。

「育児があるからさきに帰る」っていうと、みんな「はあ？」ってびっくりした顔をした。

げんかんのドアをあけると、さっそくまもくんが、にっこりわらってむかえにでてきた。

帰ったとたん、「きょうの宿題は？」と目をつりあげるお母さんとは、おおちがいだ。

「ただいま、まもくん！」

思わずぼくの顔も、にっこりした。

「さあ、育児だ。ぼくのやることは？」

はりきって、お母さんにきいた。

「まもくんを見ていてちょうだい。」

「えーっ、見てるだけ？」

「まもくんがきてから、はさみを使ったらすぐにしまうように、うるさくいっているでしょう。小さい子は、なにがきけんなのかわからない。あぶないものにさわったり、口に入れたりしないように見まもるのが、いちばんだいじなことよ。」

かなり、がっかりした。なにかもっと、とくべつな、すごいことをしたいのに……。

救急車のおもちゃで遊んでいるまもくんを、そばで見ていた。

「ピーポ、ピーポ」っていいながら動かしてやると、まもくんはおおよろこび。

でも、ぼくにおもちゃをとられると思ったらしい。あわてて、とりかえそうとした。

「こんなもの、ほしくないって。」

ぼくは、あきれた。

たいくつなので、ごろりとねそべると「おきて」というように、手をひっぱった。

「つまんないなあ……。」

あくびばかり、つぎつぎとでてきた。

まもくんは、ぼくのあとをおいかけまわして、トイレに入るときもいっしょに入ろうとした。プライバシーのしんがいだ。おまけにトイレの戸をドンドンたたいて、「あーあー」とうるさくさわいだ。トイレの中で、ぼくはやっとひとりっきりになれて、ほっとした。

だけどトイレからでると、おおあわて。

まもくんのすがたが、見えなかった。

『まもくん立ち入り禁止』の紙がはってあるおねえちゃんの部屋で、まもくんはウグウグいいながら、カメ吉をくわえていた。

「カメ吉はだめ！　この部屋もだめ！」

「だめ、だめ」ばかりいっているお母さんに、にてきたような気がした。

塾から帰ってきたおねえちゃんは、すぐにこわい顔をしてぼくのところにやってきた。

「まもくんをわたしの部屋に、入れたでしょう？　これがおちていたよ。」

まもくんのミニカーを、つきだされた。

「ドアをしめておかないのが、わるいよ。」

「ちゃんと見てなかった、勇太がわるいの！」

ぼくがガンガンとしかられているまわりを、まもくんはニコニコしてうろついていた。

なんで、ぼくばっかりおこられなきゃならないんだ。ムカ、ムカ、ムカ。

おねえちゃんは、カメ吉をなめたことには気がつかなかった。たすかったし、いいきみ。

## ごめんね、まもくん

ぼくは山田くんが、きらいだ。

山田くんは、ぼくが楽しくやっているときにかぎって、いじわるをする。

きょうもそうだった。サッカーをしていたとき、ぼくのシュートがきまった。

「ヤッター！」

ぼくはとびはねて、よろこんだ。

「勇太みたいにたんじゅんなやつの動きは、すぐによめる。勇太だけ、マーク！」

山田くんは、なかまとぼくをとりかこんだ。

「気にすんな、そういうやつなんだから。」

たかしくんがいってくれたけれど、むしゃくしゃしながら家に帰った。

すぐにまもくんが、ニタニタわらってかけつけてきた。その顔を見たら、なんだかすごくむかついた。

ぼくは、本をだして読みはじめた。

まもくんがぼくの手をひっぱって、遊ぼうとさそっても、むしした。

まもくんは、本もひっぱった。

「やめてよ、いま、読んでいるんだから。」

ぼくだって、いろいろつごうがあるんだ。

「うるさいなあ。」

ぼくは、まもくんの手をふりはらった。

泣くぞ、と思ったけれど、まもくんはおとなしくひきさがった。

ひとりで、つみ木を箱からだしはじめた。

(また、あれか……。)

まもくんは、つみ木を二こかさねると、ズンとおしてたおした。

「ふあーっ!」

パチパチパチ、手をたたいた。まもくんは、つみ木はくずすものだと思っている。

ほんとうは、ぼくに高くつみかさねてもらいたいんだ。それをガラガラとくずしたいんだ。自分で二こかさねてはたおして、よろこぶまねをくりかえしていた。

ぼくは、本をおいた。

「まもくん、ごめん。」

まもくんのせより高い、超高層のつみ木のタワーをつくってやった。

## きょうふのサンダル

買いものにでかけたおねえちゃんが、ごきげんで帰ってきた。

「これ、まもくんにプレゼント。」

おねえちゃんがふくろからだしたのは、小さな青いサンダルだった。

「歩くたびに、音がでるの。」

かかとのところをおすと、ピーピーとかわいい音が鳴った。

「すな場で遊んでいる子が、みんなはいてる。わたしのおこづかいで、買ったんだ。」

けちなおねえちゃんが？　おどろきだ。

まもくんは、ぜったいよろこぶと思った。

ところが……。

「ウギャー！」

なんどはかせてみても、だめだった。

まもくんはこわがった。足でピーピーと鳴るのを、ブルブルふるえるほどこわがった。

「きょうふのサンダルだ……。」

「しんじられない！　なんで、これがこわいの？」

おねえちゃんがはらをたてるのも、むりはないとぼくは思った。おおよろこびすると思って、はりきって買ってきたのに……。

「わかった、さいごにもう一度だけ。」

あきらめきれないおねえちゃんは、むりやりまもくんにサンダルをはかせた。

「気をつけ」のしせいでかたまっているまもくんの手を、おねえちゃんがひっぱった。

まもくんは、そろーりとかた足をだした。

音はでなかった。

まもくんは、ほっとした顔をしていた。

「あれっ？　それじゃ、つまんないねえ。はい、元気よく、イチ、ニ、イチ、ニ！」

「ピー！」

音(おと)がでて、まもくんの顔(かお)がひきつった。

「うわーん！」

足(あし)をじたばたさせると、「ピーピーピーピー」とにぎやかに鳴(な)った。まもくんは大(だい)パニックをおこして、泣(な)きながら走(はし)りまわった。

はでにころんで、ひざがザザーとすりむけて、血(ち)がにじんで、泣(な)きさけんだ。

ついに、おねえちゃんはあきらめた。

かかとの音(おと)のでるあなにテープをはって、ピーピーと鳴(な)らないようにした。

「サンダルだけでも、かわいいよ。」

ぼくは、おねえちゃんをなぐさめた。

「ピーピー鳴(な)るから、かわいいの！」

おねえちゃんは、カッカしていた。

「こんな音(おと)がこわくて、まもくんはどうやってこのさきの人生(じんせい)、生(い)きていくの！」

まもくんにそんなこといったって、わかるわけはない。

でも、まもくんはちぢこまって聞(き)いていた。

「もういいよ。おとなになってピーピー鳴るくつをはかなきゃならないわけじゃないし……、あああ、まいったねえ。」

おねえちゃんは、まもくんをだっこした。

## エレベーター事件

「どこで待ちあわせる?」

学校の帰り道、たかしくんにきかれた。

「あれっ? なにかあったっけ。」

「やだな、わすれてたの? 野球の試合だよ。」

「ほあー!」

思わず、まもくんがおどろいたときにだす声と、おなじ声がでてしまった。

校庭で、たかしくんのいとこがピッチャーをやっている野球チームの練習試合がある日だった。相手チームは、少年野球の全国大会に出場したチームだから、見のがせないのに……。

育児にいそがしくて、わすれていた。

お母さんが歯医者と買いものにでかけているあいだ、まもくんを見ているやくそくをしていた。

「まもくんをつれていけばいいよ。バギーないの？　小さい子をのせる、乳母車。」

たかしくんがいった。

それなら、げんかんにおいてある。

でも、お母さんは「あぶないからだめ」というにきまっている。

「こんなに天気もいい。むかえにいくよ。」

たかしくんのことばに、ぼくはうなずいた。

お母さんがでかけたあと、たかしくんがきて、おりたたんであったバギーをひらいた。

「おう」と声をあげてよろこんでいるまもくんを、ふたりでかかえてのせた。

「この子、なんでこんなにおもいの？」

たかしくんの妹より、かなりおもいらしい。

「ぼうしは？　なにか飲ませるものもいるよ。」

二歳の妹がいるたかしくんは、さすがになれていた。

ぼくの家は六階だから、エレベーターで下までおりなきゃならない。エレベーターにのりこむあいだ、ドアがしまらないように、たかしくんがおさえていてくれた。

バギーをおして歩くと、前がよく見えない。

「はい、こっち、こっち。」

横について、ゆうどうもしてくれた。

「あれっ、勇太くんに弟がいたっけ？」

校庭にいくと、女の子たちがよってきた。

「まみむめまもくん！」「あーい」がすごくうけた。女の子たちは、なんども返事をさせて、きゃあ、きゃあ、さわいでいた。

かんじんの試合は、きたいはずれだった。

相手チームのピッチャーは、中学生みたいに大きくて、かなり速い球を投げた。だけど守備はボロボロで、おたがいエラーばかりだった。

お母さんが帰ってくるまえに家にもどろうと、ぼくはたかしくんよりさきに帰った。

エレベーターがおりてくるのを待っていると、たかしくんがまもくんの水色のぼうしをふりながら走ってきた。

「校庭にあったよ！」

まもくんは、ぼうしをかぶるのがだいきらいなようだ。なんどかぶらせても、すぐにぬいでばかりいたから、おとしてきちゃった。

「ちゃんとかぶらないと、なくしちゃうぞ。」

うけとったぼうしを、ぼくはまもくんの頭にむりやり、ぎゅっとかぶせてやった。

たかしくんがもどっていって、バギーをおしてエレベーターにのりこんだ。

六階のボタンをおした。

そのときだ。まもくんはぼうしをとって、いきなりエレベーターの外にほうりなげたんだ。

「あっ！　こらっ！」

ぼくはあわてて、エレベーターをおりてぼうしをひろった。

そしてふりむいたぼくは、全身がつめたくなった。

エレベーターのドアが、しまりかけて、すきまから、まもくんがすこしだけ見えた。

めちゃくちゃ、ボタンをおした。

けれど、ドアは完全にとじた。

エレベーターの中は、まもくんひとり。

「待って！」

エレベーターの横の階段をかけあがった。エレベーターは、どんどんあがっていった。

（どうしよう、どうしよう！）

おそろしいゆめを見ているようだった。

カタカタとだれかが階段をおりてくる音がして、見あげるとおねえちゃんだった。

「まもくんが、エレベーターに！　六階！」

ぼくの声を聞いて、おねえちゃんはものすごいいきおいでかけあがっていった。

六階にたどりつくと、ゼーゼーとくるしそうなおねえちゃんが待っていた。まもくんののったバギーをつかんでいた。

「なにやってんの！」と、どなられた。

運よく六階でとまっていたエレベーターに、まもくんはにこにこしてのっていたという。

おねえちゃんは、エレベーターの失敗をお母さんに話さなかった。きみがわるい。

「かわりに、なにかさせるつもりだな？」

ぼくがきくと「なんのこと？」といった。

## わすれちゃったの？

まもくんは、すぐに泣く。

思いどおりにならない、気にいらない、こわい、ねむたい、かゆい……。

すぐに泣くのに、すぐにわらって、そして、すぐにまた泣く。

「小さいときは、みんなそうなのよ。」

まもくんに泣かれると、ぼくはうんざりするけれど、お母さんは気にならないみたいだ。

きょうふのサンダルですりむいた右ひざに、りっぱな茶色のかさぶたができた。

まもくんはかさぶたを見ると、かなしくなるらしい。しげしげと見ては「ふぇーっ」といって、うなだれている。

「かさぶたぐらいで、めそめそすんな。」

ぼくは、まもくんのかたをたたいた。

「自分がどのくらいのときから、おぼえてる？」

たかしくんにきいてみた。

「夏はおむつが、気もちわるかったとか……。」

「すごい！　そんなことまでおぼえてるの⁉」

「う、そ。」

たかしくんがわらった。

「保育園の年少のころなら、おぼえている。」

ぼくもおなじだ。とすると、あとでまもくんは、ぼくのことをおぼえてはいないんだ。

そんをするような気がした。

あっというまに、一週間はすぎた。

予定では、まもくんのママはきのう退院できるはずだった。だけど、もうすこし検査に日にちがかかるらしい。

家に帰ると、お母さんがでかけるところだった。まもくんにも、くつをはかせていた。

「おそかったたね。」

たかしくんと、ダラダラしゃべっていた。

まもくんの育児がめんどうくさくて、早く帰りたくなかったんだ。

「まもくんのママのところにいくのよ。」

「いく、いく。ぼくも、いく！」

まもくんは電車にごきげんで、まるでママに会いにいくのが、わかるみたいだった。

まもくんのママは、とてもぐあいがわるそうなかんじがした。

「まもくん！」っていうと、ボロボロと大きななみだがこぼれた。

だけど、まもくんはきょとんとした顔をして、ぼくのお母さんにサルみたいに足をからめて、すがりついていた。

「ママにだっこは？」

むりにはなしてベッドにのせようとすると、泣きだしそうになって、ぼくはあせった。

「わすれちゃったみたい……。」

まもくんのママはほほえんでいたけれど、さみしそうだった。

「そんなことない。てれてるんだ、ぜったい。」

ママをかなしませるまもくんに、はらがたった。

「病院のパジャマをきていたり、ぐあいがわるかったりすると、いつもとようすがちがうから、いやがったりするものよ。」

お母さんは、あわてずにいった。

「でも、わたしのことをわすれても、それでもいいんです。」

「えっ？」

まもくんのママのことばに、びっくりした。

「わすれてもいい」なんて、どうかしている。

「わたしをわすれるほど、みなさんにかわいがられているということですから。安心しました。ほんとうに、ありがとうございます。検査がきついんですけれど……でも、まもるのために早く退院しなきゃと思うと、がんばれて……。まもるに会うこともできて、しあわせです。いちばんきく、薬です。」

すこしすると、まもくんはママがわかったらしい。にこにこして、だっこされた。

ぼくは、ほんとうにほっとした。

「きょう、仙台にすむ姉に連絡しました。あしたの夕方にまもるをむかえにくるそうです。ごめいわくをおかけしました。」

「えっ？　まもくん、あしたいっちゃうの？」

ぼくは、びっくりした。

まもくんは元気にごきげんでバイバイをして、ママとわかれてきた。

泣かないのでほっとしたような、かなしいような、むねの中がごちゃごちゃだった。

## 予定へんこう

病院の帰り、お母さんはまもくんをつれてスーパーによった。

ぼくだけさきに家にもどると、おねえちゃんがとびだしてきた。

「まもくんは？　いっちゃったの？」

「まもくんのママに会ってきます」というおき手紙を読んだおねえちゃんは、まもくんが帰ってしまったと思ったみたいだ。

「あした、まもくんのママのおねえさんが、仙台からむかえにくるって。」

「そんな、とつぜんじゃない！　かってだね。」

うるさいまもくんがいなくなるので、おねえちゃんはおおよろこびするのかと思ったのに、ちがうみたいだ。

「でも、やくそくの一週間はたったし……。」

ぼくも、きゅうすぎるとは思っていた。

「まもくんのママ、まだ退院できないのでしょ？　あとすこしなんだもの、まもくんはうちにいたほうがいいと思う。せっかくうちになれたんだし、遠いところまでいくのはたいへんだし、そうだ、そのころには、かさぶたもきれいになおっているし、勇太も、そう思うでしょ？」

「かさぶたは、あんまりかんけいないと思うけど……。」

まもくんは、かさぶたが気になってしかたがない。部屋のすみでおとなしくしているときは、かさぶたをさわっているんだ。

「とにかく、お母さんが帰ってきたら『あしたのおむかえは中止』っていわなきゃ。わかった？　予定へんこうよ。」

「うん……。」

ぼくは、おねえちゃんの顔をじっと見た。

「なに？　なによ……。」

「ヘヘヘ、ウッキー！」

なんだかすごくうれしくて、わけのわからない声がでてしまった。

ぼくは、お母さんとまもくんが帰ってくるのが待ちきれなくて、げんかんをとびだした。

夜にはなおちゃんもきて、話しあったけっか、予定はへんこうになった。

まもくんのママの検査がおわるまで、まもくんはうちであずかることになった。

あと、一週間はかかるらしい。

## ことばなんていらない

「まもくんのことで、あてにはしないって、いったよね。」

お父さんの声は、ふきげんだった。

「もし早く帰れたら、ちょっと見ててくださいって、それだけなのに……。」

お母さんは、ぶつぶついった。

「きゅうにあてにされてもこまる。あしたは、おそくなりそうだし……。」

「はいはい、だいじょうぶ。どうぞ、ごゆっくり。」

「そのいいかたは、なんだ！」

「ふええ……。」

まもくんの口がゆがんだ。泣き声をあげるじゅんびたいせいだ。

ぼくは、まもくんをひきずるようにして、ぼくの部屋につれていった。

ドアをしめても、ふたりの声が聞こえてきた。

すがりつくまもくんを、ぼくはだっこした。

「だいじょうぶだよ。」

ぼくのシャツを、ぎっちりつかんでいる。

ことばがわからなくても、いやなことがおこっているのは、わかる。

ぼくは絵本をひらいた。

まもくんの頭で、字が見えなかった。

お父さんとお母さんの声が聞こえないように、大きな声で、でたらめに読んだ。

「お日さま、にこにこ。お花も、にこにこ。まもくん、にこにこ。みんなで、にこにこ。」

まもくんは、頭をふりながら聞いている。

「お父さん、イライラ。お母さん、ムカムカ。ふたりで、ピキピキ。やめてよ、けんか。」

ぼくは、耳をすました。お父さんとお母さんの声は、もう聞こえなかった。

「ふうあ……。」

もっと読んでと、まもくんがさいそくした。

まもくんがいいたいことが、すぐにはわからなくてこまることがある。だけど「なにかな?」って、まもくんをよく見て、ちょっと考えれば、たいていのことはわかる。

「まみむめ、まもくん、まみむめも。いじわるいえない、まみむめも。わるくちいえない、まみむめも。」

ことばが話せるとべんりだけど、けんかしたり、いじめたりすることになる。

いつも、やさしい、楽しいことばだけ話すのなら、いいけどな。

## うんちふんじゃった

夕方、でかけるお母さんは心配そうだった。

「なにかあったら、すぐに電話しなさい。」

おねえちゃんは塾、お父さんの帰りはおそいはずだ。ぼくとまもくん、ふたりになった。

ぼくは、おしっこがたまった紙おむつだって、とりかえられる。おむつをはずすとすぐににげようとするまもくんをつかまえて、すばやくこうかん。うんちは、くさいからパス。

ぼくとまもくんと、ふたりで夕飯を食べた。

まもくんがおさらやコップをひっくりかえさないよう見ながら、口に入れるのをてつだっていると、ゆっくり食べてはいられない。

でも、ひとりでぽつんと食べるよりは、いいかもしれないと思った。病院のベッドで食べているまもくんのママのことが、頭にうかんだ。

意外なことに、お父さんは早く帰ってきた。はあはあ、お酒くさい息をはきながらネクタイをはずして、水をゴクゴク飲んだ。

まっかな顔をしているお父さんを、まもくんはこわがっているようだった。

「さきにねるから、しずかにしてくれ。」

それだけいうと、部屋にいってしまった。

「仕事がたいへんかもしれないけれど、いやなお父さんだね。」

ぼくは、まもくんにいった。

ぼくが食器をかたづけているあいだ、まもくんはおとなしく水そうの熱帯魚を見ていた。

やけにおとなしいのでふりかえってみると、まもくんはへんてこりんなしかめっつらをしていた。水そうにつかまって、きばっていた。

(ゲーッ! うんちだ。)

まもくんは、すずしい顔にもどると「あっ」とか「ふあ」とかいいながら、歩きだした。

そして、ドンとしりもちをついた。

「あーっ!」

ぼくはとんでいって、まもくんを立たせた。

息をとめて、おむつの中をのぞくと……。

「やってる……。」

うんちはつぶれていた。

「く、くさい……。」

食べたものが、どうしてくさくなってしまうんだろう。食べるときはくさくないのに。

なんとかぶじに、おむつをこうかんした。

おねえちゃんが塾から帰ってくると、ぼくはいばってほうこくした。

「ぼく、まもくんのうんちをとりかえたんだ。」

「よくやるねえ。わたしに子どもがうまれたら、勇太にベビーシッターをたのもうかな。でも、子どもなんていないほうがいいかもね。まもくんのママだって、まもくんがいなければ、なんの心配もなく入院できるのに。」

「ちがう、まもくんがいるからがんばれるっていってたよ。」

「ふーん。けど、勇太やわたしを育てて、お父さんとお母さん、なにが楽しいわけ？ 成績を心配したり、なんでもかんでも注意したり、イライラしたり、もうたいへん！ 子どもなんていないほうが、らくちん。」

ぼくは、心配になった。

「ぼくたちがいないほうが、いいの？」

「こんど、きいてみたらいいでしょ。」

とつぜん、おねえちゃんが悲鳴をあげた。

「キャー、なによこれ!?」

足のうらを見た。

「クッサーイ！　うんちじゃない！　やだやだ。」

ぼくがおむつのこうかんをしたとき、ころがしてしまったらしい。

「おこづかいで買ったおきにいりブランドのくつしたなのに！　ばか、ばか、ばか！」

「わざとじゃないもん！」

「あたりまえでしょ！」

「まったく、うるさくてねていられない。なにをさわいでいるんだ？」

おきてきたお父さんが、へんな顔をして立ちどまった。かた足をあげた。

「なんだ、これは？」

「うんち！　お父さんもふんじゃったじゃない！」

まもくんは、ポカンとして見ていた。

「うんち……。」

お父さんの顔がひきつった。

ぼくはかくごした。

だけど、どういうわけか、お父さんは大きな声でわらいだした。

「うんちがついて、運がついたかも……。」

わらいがとまらない。

「だじゃれになんかならないよ。運は運でも、悪運か、不運でしょ！」

おねえちゃんは、プンプンおこっていった。

## いないほうがいいの？

せんたくした「うんちくつした」を、お母さんがおねえちゃんにわたした。

「ヤダー、バッチー！」

おねえちゃんは、くつしたを指でつまんだ。

「だいじょうぶ、すっかりきれいよ。」

お母さんがいった。

「どれ、どれ？」

ぼくがクンクン、においをかいでみると、せんざいのいいにおいしかしなかった。

「ぜんぜん、くさくないよ。」

「くさくなくても、まっ白でも、いやなものはいや。このブランドのマークを見ると『うんち』って頭の中にうかぶなんて、さいあく！」

「ギャハハ、うんちブランド！」

ぼくはわらった。

「いいかげんにしなさい！」

お母さんがキレた。

「だれだって、うんちをするの！　そんなにいやなら、お母さんがはくからいいです。」

お母さんが、くつしたに足をつっこんだ。

「やめてよ！」

おねえちゃんはらんぼうにとりかえすと、自分の部屋にいってしまった。

「ほんとうに、こまってしまうわねえ……。」

大きなため息をついたお母さんに、ぼくはきいた。

「子どもなんて、いないほうがいい？」

「えっ、どうして？」

お母さんがききかえした。

「だって子どもがいなければ、こまることもないし……。」

「勇太とおねえちゃんが、いないほうがいいなんて思ったこと、一度もないよ。」

はっきりと、お母さんがいった。

「子どもを育てるのって、うきうき、はらはら、わくわく、しんみり、どきどき……。そうだなあ、いろんなアトラクションがつぎつぎにはじまる、遊園地にいるみたいかなあ。巨大迷路からでてこれなくて、イライラしたり、あせったりすることもある。このごろお父さんとお母さんは、広い遊園地の中で、ばらばらにはぐれているようだし。だけど、すばらしい子育て遊園地にいられるのは、勇太とおねえちゃんがいるからだよ。」

ぼくは、てれくさかった。

お母さんと話をしているあいだ、まもくんはおとなしく熱帯魚を見ていた。そして、きょうも水そうにつかまって、うんちをした。

## どうして？

えんちょうした一週間も、すぐにすぎてしまった。

「まもくんのママ、いつ退院できるの？」

ぼくがきくと、お母さんは「もうすぐ」っていうだけだった。そして、まもくんのね顔を見ると、ため息ばかりをついていた。

（どうしたんだろう……。）

いやな予感はしていたけれど、お母さんの話にはびっくりした。

検査のけっか、まもくんのママは、かなりむずかしい病気のうたがいがあるっていうんだ。

「うたがい」って、どういうことだろう。

いつ退院できるのか、わからないそうだ。

「まもくんは、まもくんのママのおねえさんの家にいくことになったの。土曜日、仙台からむかえにきます。」

「そんなのだめ。またえんちょうして、退院までぼくのうちにいたほうがいい。ぼく、いままでよりもっとてつだう。おねえちゃんだって、ねえ、おねえちゃん！」

おねえちゃんは、下をむいてだまっていた。

「いいよ、ぼくひとりでやる。ここにいれば、まもくんのママに会わせることもできる。それがいちばんききめのある薬だって、まもくんのママもいってたし……。」

「まもくんのママの病気は、とてもむずかしい病気かもしれないの。これからちりょうがはじまるけれど、まもくんのママが安心してちりょうをうけられるようにしなきゃ。」

「ここじゃ、安心できないの？」

「そうじゃないことは、わかるだろう。」

お父さんのおちついた声に、はらがたった。

「お父さんなんか、なんにもしていないから、まもくんがいなくなってもへいきなんだ！」

「勇太のばか！　まもくんのママは、病気のことも考えて、万が一のことも考えて……。」

おねえちゃんが、はじめて口をひらいた。

「万が一って……？」

「死んじゃうかもしれないってこと！」

おねえちゃんが、しんじられないことをいった。

「うそ！　うそばっかり。まもくんがいるのに、そんなわけないよ！　うそいうな！」

「もちろん、元気になれると、お母さんもしんじている。だけどそこまで考えて、まもくんのパパとも話しあって、きめたことなのよ。」

「どうして？　どうしてまもくんが、そんなことになっちゃうの？　まもくんは、なんにもわるいことしてないのに、どうしてなんだよう！」

だれにはらをたてていいのかわからないけれど、だけど、すごくはらがたっていた。

「まもくんが、かわいそうだよ。」

「こんなにみんなでまもくんのことを、考えている。これからもまもくんのことをわすれないで、まもくんのしあわせをねがっていれば、まもくんはぜったいにかわいそうなんかじゃないと、お母さんは思う。まもくんのママも、まもくんのしあわせをしんじて、きめたことよ。」

まもくんは、ばんざいのかっこうで、ぐっすりねむっていた。

「まもくんのママは、元気にならなきゃだめだ！　まもくんといっしょにくらさなきゃ、だめ。だめだって！」

どうしようもないのが、くやしくて、かなしくて、息がつまるみたいにくるしかった。

「まもくんが、元気で仙台にいけるよう、一日一日をたいせつに、見まもっていこうね。」

お母さんがいったけど、ぼくはまもくんがいやいやするみたいに、頭をふった。

## まもくんラップ

「ほら、まもくん、こわくないよ。」

ぼくは、まもくんのサンダルに手を入れると、しゃがんで地面につけた。

テープをはがしたので、ピーと音がでた。

「ね、楽しい音だろう？　こんなのを、こわがっているようじゃ……。」

「ふええー。」

まもくんが、あわててぼくにしがみついてきた。指さすほうを見ると、大きな葉っぱが、風でクルクルところがってくる。

「そんなにおくびょうじゃ、だめだよ。」

ぼくは手にはいたサンダルをピーピー鳴らしながら、犬みたいなかっこうで、すな場のまわりを一周した。

「あれれ？　勇太、なにやってんだ？」

山田くんと、なかまたちだった。

「サンダルのはきかたを、おしえているんだ。」

消えてしまいたいぐらいはずかしかったけれど、へいきなふりをしていった。

「サンダルって、手にはくものなの？」

「はじめて、知ったな！」

おおわらいしながら、いってしまった。

（あした学校で、からかわれるだろうな……。だけど、そんなこと気にしちゃいられない。なんとかまもくんのおくびょうを、なおさなきゃならない。ぼくも山田くんにビクビクしちゃだめだ。）

まもくんは、ぼくの手からサンダルをとろうとした。ぼくはわざと、サンダルをわたしたくないふりをした。するとむきになって、サンダルをとろうとした。

「しかたないなあ……、ピーピー鳴るよ。」

まもくんはぼくのまねをして、サンダルをはいた両手を地面につけた。

すぐにピーと鳴って、まもくんはビクッとかた手をあげた。

そのまま、動かない。

(やっぱり、だめかな……。)

だけど、もう一度「ピー!」と手がでた。

さいしょはゆっくり、けれどちゃんと右手、左手とだしてすすみはじめた。

音は、だんだん大きくなってきた。

「うまい、うまい!」

ぼくはおおげさにほめた。

こんどは、大きすぎてサンダルに入らないぼくの足を、むりに入れるふりをした。

「まんまんまん。」

まもくんはぼくをおしのけて、くつをぬいでサンダルに足を入れた。

「ピー!」と鳴った。

「およっ！」

へんな声をだして、とまった。

また、一歩、「ピー！」

「およっ！」

ピー……、ピー……、ピー……、ピー……。

ゆっくり、足を前にだしていく。

口をぎゅっとむすんで、しんけんに足を見ていた顔が、すこしずつゆるんできた。だんだんとくいそうな顔に、かわってきた。

すな場のまわりを、手をふって歩いた。

「やったー！　だいせいこう！」

おねえちゃんに、見せたい。中学校にむかって、まもくんと手をつないで歩きだした。

まもくんは、いつもより大またで、元気に歩いた。ピーピーピーピー、にぎやかだ。

「おねえちゃん、びっくりするぞ。」

「ねーた。」

「おねえちゃん」と、いっているらしい。

中学校のテニスコートでは、テニス部員がコートのまわりをランニングしていた。

おねえちゃんも走ってきた。

「ねーた！」

まもくんが、声をあげた。

おねえちゃんは、あかい顔をしてやってきた。おこっている。

「なんなのよ。かっこわるいでしょ。」

「ごめん、早く見せたくて……。まもくんがピーピーサンダルをはいてるんだ。」

「あっ、ほんとだ、はいてる！」

まもくんは、足ぶみをしてみせた。

ピー、ピー、ピー、ピー、ピー！

「すごい、すごい。」

「ぼくが練習させたんだ。」

テニス部の人たちが、あつまってきた。

「どこの子？」

「うちの弟。」

「あれ？　弟、ひとりじゃなかったっけ？」

注目をあびて、まもくんはおおはりきり。

おしりをさげて、足をふみならした。

「赤ちゃんダンスだな。」

「おもしろい、ヘイヘイ、ベイビー！　ヘイヘイヘイ、ラップ！　ピーピー、ラップ。」

まもくんは、みんなの手びょうしにのって、ピーピーやった。

調子にのりすぎて、しりもちをついて、さいごは大泣きした。

ぼくは、おんぶをして帰った。おもくて、おもくて、こしがおれそうだった。

気がつくと、まもくんはねむっていた。

## お父さんの育児休暇

「さて、こまった……。」

受話器をおくと、お母さんがいった。

まもくんをたのんでいたなおちゃんが、きゅうにつごうがつかなくなったらしい。

「ぼく、学校を休もうか？」

「なにいってるんだ。とんでもない。」

テレビをみていたお父さんがいった。

「だいじょうぶ、あしたはお父さんが会社を休む。」

「えっ？」

ぼくとお母さんは、顔を見合わせた。

「あしたは育児のため、休むことにする。」

てれくさそうにいった。

「朝になって『やっぱり会社にいく』なんていわれても、こまるんですけれど……。」

お母さんは、信用できないみたいだったけれど、お父さんはほんとうに会社を休んだ。

「さあさあ、みなさん、いってらっしゃい。」

お父さんに見送られて、家をでた。

「なんか、へんなの。だいじょうぶかな……。」

ぼくは首をかしげながら、学校にいった。

心配なのでいそいで帰ってくると、すな場でお父さんが手をふっていた。

すな場にいるのは、お母さんたちばかりだった。

「男はひとりだけで、かっこうわるくない？」

ぼくは、はずかしくて、帰りたかった。

「さいしょは、ちょっとしりごみした。だけど『こんにちは』ってとびこんでしまえば、男も女もかんけいない。ほら、お父さんがつくったトンネル、うまいだろう。たのまれて、ほかの子にもつくってあげたんだぞ。」

すなの山が、あちこちにできていた。

お父さんは、やけに楽しそうだった。

帰るとき、お父さんが「みんなにバイバーイ。」というと、まもくんが手をふった。

「うまい、うまい。」

ほめたら、とくいになって両手をふった。

「パパとまたきてね。」

ぼくのお父さんは、まもくんのパパだと思われていた。

「いちいち説明するのはめんどうだから、そういうことにしておいた。なっ、まもくん。」

まもくんは、キャッキャと声をあげて、きげんよくお父さんのかたにすがりついていた。ずいぶん、なかよしになったみたいだった。

「ぼくが小さいときも、いっしょにすな場にいった?」

「もちろん、いったよ。」

「たまには、ぼくのためにも休んでよ。」

ぼくは、思いきっていった。

「うん、そうだな。わかった。」

「ワーイ!」

ぼくはお父さんのうでにぶらさがった。

お父さんはきょう一日、ビデオカメラでまもくんをたくさんとっていた。まもくんのママにプレゼントするんだって。

## さよなら、かさぶたくん

夜、お父さんと、まもくんと三人でおふろに入った。

ゆぶねのふちにつかまって立っているはだかのまもくんは、たよりない。

「だれもせわをしなかったら、赤ちゃんはどうなるの？」

「生きものの赤ちゃんのほとんどは、生きてはいけないだろうな。でも、たいていの生きものは、自分で身をまもるために、生まれてすこしたてば、歩いたり、およいだり、とんだりできるようになる。人間の赤ちゃんは、首をあげる、ゴロンとねがえりをうつ、はいはいをする、つかまって歩く、そんなふうにじゅんにひとつずつ、時間をかけてゆっくり成長していく。からだだけじゃない、脳も、心もみんな、ひとつずついろいろなことがつみかさなって、すこしずつ成長していくんだよ。」

（ぼくとのことも、まもくんのなかにかさなっているのかな？）と、ぼくは思った。

まもくんのひざに、さいごまでのこっていたまるいかさぶたは、おふろでふやけて、いまにもはがれそうになっていた。

さわぎは、ま夜中におきた。

お母さんと寝ているまもくんが、ギャーギャーと泣く声で、ぼくは目がさめた。

おねえちゃんがおきていく音がしたので、ぼくもおきていった。

「なーい、なーい」といって、まもくんはひざをゆびさして泣いていた。

へばりついていたかさぶたが、きえていた。おしっこで目がさめたまもくんは、かさぶたがなくなっていることに気がついて、泣きだしたんだ。寝ているうちに、はがれちゃったらしい。

「ないわねえ……。」

シーツの上をさがしているお母さんに、おねえちゃんがいった。

「かさぶたが見つかっても、またひざにくっつけたがったら、どうするの？　こまるよ。」

さいしょのころは、見るたびにあんなにかなしかったかさぶた。ずっといっしょにいるうちに、まもくんのからだの、だいじな一部になっていたみたいだ。

かさぶたがとれたあとには、ツルツルのきれいな色の、新しいひふができあがっていた。

「きずがなおるまでまもってくれた、かさぶたくんの役目はおわった。かさぶたくんは旅にでたんだ。さよなら、かさぶたくん。バイバーイ、かさぶたくん。」

ぼくがいうと、まもくんは手をふった。

自分のひざこぞうにむかって、バイバイをした。そして、泣きやんだ。

## まもくんデータ集

まもくんは、きゅうにいくつかことばがいえるようになってきた。もっとすごいのは、ときどきだけどおしっこやうんちを、おしえることができるようになってきたことだ。

すこしもらしながら、「ちっち」といっただけで「なんて、まあ、おりこうなんでしょう！」と、ほめられている。

それぐらいであんなにほめられるなんて、まったくらくだと思う。たまに百点とったって、あんなにほめられたことはない。

いよいよ三日後には、仙台からまもくんをむかえにやってくることになった。

「いい？　きゅうにあまやかしたり、ベタベタしちゃだめよ。かえってまもくんをかなしませることになるから、いつものとおりで。」

お母さんがいった。

「お母さんがいちばんあやしいよ。いつも『まもたーん』ってあまい声をだしてる。ぼくにいうときと、ぜんぜんちがう声だ。」

ぼくは、口をとんがらかせていった。

「あら、そうかしら……。」

お母さんは首をかしげた。

「おねえちゃんだって、まもくんにはやさしい。ひいきだ！」

するとおねえちゃんがいった。

「そういう勇太だって、まもくんにはしんぼうづよい。わたしにはすぐキレるくせに。」

「すぐキレるのは、おねえちゃんでしょ！」

「わたしは、キレません！」

「まんまんまんまん！」

まもくんが顔をしかめて、口をとんがらかせて、ぼくとおねえちゃんのあいだに入ってきた。けんかに参加しているつもりらしい。

おねえちゃんとぼくは、思わずわらった。

「ぼく、いやだな。まもくんが、ぼくのことをわすれてしまうなんて。ぼくのことをわすれない方法が、ないのかなあ……。」

ぼくはずっと、考えていた。

「どうかな……。だけどそれより、まもくんが仙台の家に早くなれるよう、こまらないように考えてあげるほうがだいじじゃない？　まもくんのことを思うのなら……。」

おねえちゃんがいった。

「まもくんがとつぜんうちにやってきたとき、わからないことだらけでこまったでしょ？　たとえばすきな食べものはなにかとか、まもくんのくせとか……。」

「ねむくなってグズグズきげんがわるいときは、せなかをコシコシなでてあげると、すぐに寝ちゃうよ。そういうこと？」

「そう、それ！　まもくんのデータ集があるといいと思うの。どんなことでもいいから、まもくんのことで思いつくこと、どんどん書きだしてみて。」

「わかった。お母さんにも、お父さんにも、なおちゃんにも書いてもらわなきゃ。」

おねえちゃんを、かなりそんけいした。

# わすれてもいいよ

まもくんのママのおねえさんが、朝早くやってきた。出発までの時間、いっしょに遊んで、まもくんがなれるようにするためだった。

おばさんは、まもくんのママににていた。そのせいなのか、まもくんはすぐにおばさんになれた。おばさんのひざの上にチョコンとすわって、絵本を見たりしていた。

ぼくは安心した。安心したけれど、かんたんにおばさんになれてしまったことが、くやしい気もしたし、ざんねんだった。もしかしていやがって泣いたりすれば、まもくんをおいて帰るかもしれないと、きたいしていた。

おばさんの家には、小学二年生の男の子もいるときいて、心配になった。

(いじめないだろうな……。)

「こちらで楽しくすごせたおかげで、わたしの家にも、心配しないでこられるはずです。」

おばさんがいった。

おねえちゃんががんばってつくった『マミムメ、まもくんデータ集』を、おばさんにわたした。「あーい」って、手をあげているまもくんの写真を、お父さんがパソコンに入れて、かっこいい表紙をつくってくれた。

一時には家をでて、新幹線で仙台にいくことになっていた。

早めのお昼をみんなで食べはじめると、おねえちゃんはシクシク泣きだしてしまった。

「ねーた！」といって、まもくんはおねえちゃんの顔をのぞきこんだ。

「ぜったい泣いちゃだめだよ」って、ぼくにあんなにいってたのに……。泣いたりしたら、まもくんが心配する。かなしいことがおこると思ったら、だめだ。

「いつものとおり」でやらなきゃならない。

「いつものとおり」「いつものとおり」、ぼくはなんども心の中でくりかえした。

家をでるとき、まもくんはピーピーサンダルに足を入れた。くつをはかせようとしても、「ピーピー」といってきかない。しかたがないので、くつはおばさんのバッグに入れた。

まもくんは、とくいそうにピーピーとサンダルの音を鳴らして、歩いていった。

（これから、この音を聞くたびに、まもくんを思いだすんだろうな……。）

そう思ったら、きゅうになみだがでそうになって、ぼくはやっとのことでひっこめた。

なおちゃんの、車がむかえにきた。

「いってらっしゃい！」

お母さんの声がふるえていた。

「まもくん、あくしゅ。」

お父さんが、まもくんの手をにぎった。

おねえちゃんが、だまってカメ吉をまもくんにわたした。まもくんは目をかがやかせた。

カメ吉にむちゅうになっているまもくんに、ぼくはいった。

「ぼくのこと、ぜったいわすれるなよ。」

カメ吉をもってバイバイしているまもくんをのせて、ゆっくり車が動きだした。

「待って！」

ぼくは、あわてて車をおいかけた。

車が、とまった。

ぼくは、まもくんにむかっていった。

「ぼくはまもくんのことを、わすれない。ぜったい、ぜったい、わすれない。でも、まもくんは、ぼくのことをわすれてもいいよ。すぐに、すっかり、わすれてもいい！　そのかわり、新しいおうちに早くなれて。にこにこ、楽しくくらして。やくそくだよ。ま、み、む、め、まもくん！」

「はーい！」

まもくんが、手をあげた。

車はまがって、すぐに見えなくなった。

# 井戸掘り

## —'60 たくやの冬—

高橋秀雄

冬は井戸掘りの季節だ。日光連山に雪を降らした風は水気の無いからっ風で、ふもとには雪も雨も降らせない。鬼怒川の水も川の限度というくらいに浅く流れている。この時期に井戸を掘って水脈をあてれば、一年中その井戸の水はかれることはない。

たくやは以前、祖父の春さんからそう聞いたことがあった。水のかかる仕事を冬にするのがふしぎでたまらなかった。

たくやの家ではきのうから、春さんと父親と母親とで信男さんの家の井戸掘りに行っていた。山を開墾して作った新田近くに、一年ほど前から住みはじめた信男さんの家にはまだ井戸がなかった。

きょうまでに背の高さ近くまで掘りおえて、掘った土砂をスコップでかき出すには限界がきていた。そうなると、やぐらを建てて、滑車を取り付け、穴の上からたるをおろしてやらないと、掘った土砂は取り出せない。暗くなるまでかかって、春さんたちはあしたのためにやぐらを建ててきた。

いよいよあしたから、滑車を使って土砂を取り出すらしい。土砂の入ったたるをつないだロープを引く人数は多いほどいい。

「あしたは日曜なんだから、たくやも手伝え」

夕飯のとき、母親から言われた。

いつもだったら、手伝うのは昼前だけでいかんべとか言って、遊びに行く時間を作るのだが、とてもそんな気にはなれなかった。

理由はこの前の日曜日にあった。グループで発表した理科の研究が市のコンクールで銀賞になって、町の公会堂に展示された。それで担任の先生から、

「せっかくがんばったんだから、見てこい」と言われた。

すっかり乗り気になっているもりおやたけしたちを見ると、自分だけ行けないとは言えなくなってしまった。たくやにとってはバス賃の百円がとほうもなく大金だった。

とうとうその日の朝まで、言いだすことができなかった。みんなと約束したバスの時刻間際になって、ようやく母親にたのみこんだ。

「そんなごど、いままでなんでだまってたんだ。かあちゃんが、おめだけ行かせねわけなかんべ」

母親はきっぱりと言って、戸だなのおくから百円札を出してきた。話を聞いていた春さんまで百円くれた。たくやはそのことに負い目を感じていた。

二百円は母親の仕事の一日分の日当に近かった。その分をたくやは返したいと思って

いた。

「いつまで寝てんだ」

母親の声で起こされた。のそのそとこごえた空気の中に顔だけ出した。目をあけると、ようやくのぼり始めたらしい太陽の光が、板張りの壁をつきぬけて、そこここを照らし出している。壁から出た光は小さなほこりを光らせて細長い筒のように見える。

筒の中にいろりの煙が流れてくると、まるでうずが巻いているように見えた。たくやの家のトタン屋根の下には、まだ天井板が張られていなかった。

「また、弁当箱、出してねえ」

土間で、母親がどなった。学校から帰ったら必ずかばんから出して水につけておく、それが約束だった。

「いま、出すよ」

どうせ、きょうは使わないのにと口の中で言いながら、たくやは思いきってふとんをけった。そうでもしなければぬけ出せそうもない、なごりおしいあたたかさだった。

ジャンパーに着替えて、弁当箱を持っていくと、もう三つの弁当箱にご飯が詰められ、梅干しが一つずつのっていた。妹ののりこの赤い弁当箱もあった。きっとたくあんだけがぎっしり詰められているにちがいない。まな板に黄色いしっぽが残っていた。そのわきのしみのついた新聞紙の包みはメザシだろう。

「きょうは終わっぺな」

「ああ、昼前には水も出っぺ」

父親が小屋から引っ張り出してきたリヤカーに、春さんは滑車やロープを積んでいる。

井戸掘りをするのは春さんのほうだった。

冬になって温泉地のおくの道路工事が雪でできなくなると、父親と母親は春さんの仕事を手伝った。杉やひのきの枝おろしと、井戸掘りが春さんの冬の仕事だった。

春さんは春先から秋にかけて、わら屋根のふき替えや農作業の手伝いに行っていた。冬場に井戸掘りも枝おろしもない日には、納屋で俵を編んでいる。

春さんばかりでなく、父親も母親もなんでもやった。田植えや稲刈りの時期には農家を手伝ったあと、とうふや油揚げを売って歩いた。七五三の祝いの甘酒祭りのときには甘酒を作るための米コウジも売った。そして農繁期以外は日やといの仕事に出ていた。たくやが家族調査表の親の職業欄のところでなやまなければならないくらいに仕事が決まっていなかった。

目が不自由で、いつも留守番の祖母は、そんな生活をしているのは、春さんのお人よしのせいだと言った。

「バカだから、すぐだまされて……」

と、口ぐせのように言って、戦後の農地解放（第二次世界大戦後、地主の土地を大幅に減らし、自作農をふやした農地改革）でせっかく手に入れた土地をまたうまく丸めこまれてとられてしまったことを持ち出した。そんな祖母も戦争が終わって紙切れ同然になってしまった銀行の通帳を持っていた。戦争が終わってもう十三年もたつというのに。

「行きぐらい乗ってけ」

母親が弁当の入ったふろしき包みやら、春さんの雨ガッパやらをリヤカーに積みこみながら、たくやに言った。

「いいよ、かっこわり」

だれか同級生にでも会ったらと思うと、はずかしかった。だけど、

「いいから、乗って荷物でも押さえでろ」

という父親の声にすんなりしたがった。

「にんじゃ、おれも」と、春さんも乗りこんできた。リヤカーを引く父親は少ししぶい顔

をしたが、母親は白い歯を見せた。

家を出るときは静かだった風が、博文の家の前を通るころ強くなった。博文の家の障子紙を張ったガラス戸がガタガタ鳴っている。

博文はもう起きていて、妹や弟たちのめんどうを見ているはずだ。博文とはしばらくいっしょに遊んでいない。メンコやビー玉をやっても、小さな弟たちにじゃまをされるので、すぐおもしろくなくなった。

それに博文は、授業の時、教科書を読むのにつっかえたり、答えがとんちんかんだったりした。それがいらだたしくて、遠ざかってしまっていた。
だけど博文になら、リヤカーに乗っているところを見られてもかまわない気がした。
博文の家の南側で、ものほしざおいっぱいのおむつが風になびいていた。

リヤカーは中学校の校庭をグルッと回るようにして、ようやく通れるくらいのせまい林の中に入っていった。

林の木が風でおおいかぶさるくらいに大きくゆれた。それに合わせるみたいに、リヤカーもガタガタゆれた。春さんはタイヤが深いわだちにしずむやいなや、飛びおりてしまった。

小さな林をぬけると、開墾したばかりの田んぼが広がった。いきなり竜巻のような土煙がリヤカーを襲ってきた。前を向いていられなくなった父親がふり返った。そして、その父親の後ろ、波のように地面をはってくる土煙の向こうに、信男さんの家と三本の丸太を組んだ井戸のやぐらが見えてきた。

「おはようございます。寒いのにお世話さまです」

家の外のたるの中で、洗い物をしていた信男さんのおくさんが立ち上がって、たくやたちを出迎えた。

たくやはそのとき、たるの中の水はどこから来たのだろうかと考えた。家のうら手の松林をすかして地区内の墓地がかたまって見えた。その向こうに屋根だけのぞかせているのは石橋と呼ばれている大きな農家だ。水はそこから運ばれて来るにちがいなかった。

「お茶でもー」

というおくさんの言葉を、春さんは、

「きょうはそうもしてられね」

と、頭を下げてことわった。

そしてすぐ、父親といっしょに井戸のまわりの土や石を穴から離れたところに移し始めた。

空がどんどんくもってきて、風も強くなっていた。男体山から来る風だった。たくやたちがぬけてきた、林のはしからつき出た一角がこんもりもり上がっていて、松の木が二本立っていた。その二本の松の木が折れそうなほどゆれていた。そして、風はさっきよりもはでに土煙を巻き上げていた。

たくやがたるをしばりつけたロープのにぎり具合を確かめているとき、おくさんが女の子を二人連れてきた。姉のほうだけ見たことがあった。学校の朝礼で、たくやより一つ上の六年生の列の中にいた。朝礼の後、行進して教室に入るのだが、いつも下を向いてひっそりと歩いている子だった。妹のほうは二年生くらいだと思った。

「たくやくんも、きょうはたのむわね」

おくさんが手ぬぐいでほおかむりをしながら言った。その後に二人の女の子はぴったりついていて、たくやのほうさえ向かなかった。おそろいのマフラーのはしが風で真横に飛んで、寒そうに見えた。

おとなたちはみんな手ぬぐいでほおかむりをした。春さんだけはその上にほおあてのある帽子をかぶっている。

「中に入ったら、あったがいんだげど」と、春さんは言って、滑車の先に下がっているたるの中に片足を入れ、ロープにつかまると井戸の中をのぞいた。たるの中にはスコップとツルハシが入っている。

たくやはいよいよだなと思った。

春さんをつり下げようとしているロープは、滑車を通って、父親がにぎり、母親、おくさん、赤いマフラーの二人、たくやの順でしっかりとにぎられた。

「しっかりたのむぞ、土砂より重いんだがんな」

と、父親がどなった。

「ほーれ」

みんなの声がそろった。そのとき、

「チョット、待ったぁ」

と、父親があわてたような声をあげた。

滑車の近くまでつり上げられて、春さんが頭をちぢませていた。

「ちゃんとたる見て、引いてくれや」

父親は笑いながら、上げんじゃなくておろすんだからと言った。

「よーし、ゆっくり前へきて」

かけ声どおりにゆっくりと前へ、しかしにぎった両手で春さんの重さをしっかりとささえた。たくやたちが井戸に向かって進むと、その分だけ春さんが見えなくなっていった。

「はい、引いてー」

父親のかけ声で、たくやたちはほーれとロープをにぎる手に力を入れ、後ろに下がって行く。その一歩一歩にも地面に足跡が残るくらい力が入っていた。

「よーし」

で止まる。止まったら父親がたるを引き寄せるから、半歩くらいもどってやる。引き寄せたたるの中の砂利を、父親は井戸からできるだけ遠くへあけた。小石一つ、井戸の中には落とせない。井戸の底では、春さんが砂利をさらい、おりてきたたるに詰めこんでいるのだ。

父親のかけ声が何度か続いた。ロープを引いて歩く距離もふえている。その分だけ春さんが深くなっているのだ。ロープのはしを持っているたくやの足が、まだ足跡のない土の上に、新しい足跡をつけていく。

たくやはいつしか新しい一歩のことばかり考え始めていた。あと何センチかで長ぐつの底が新しい地面にふれるという時に、父親の「よーし」という声で引きもどされる。惜しかったなと思いながら井戸に向かう。「引いてー」の声で今度こそと思う。「よーし」の声はいつかかるかわからないから、思わぬときに新しい足跡がついた。

そして、ロープをゆるめて井戸にもどりながら、この分だけ井戸が深くなったと思った。

そんなとき、妹のほうが姉のほうに向かって、

「井戸掘りって、おもしろいね」

と、言っているのが聞こえた。さっきから一人で変なかけ声をかけて、それを姉のほうが笑うと、より変なかけ声にした。今度は、ヨーイショーヨーイショーと、やけにのばしたかけ声にして、一人で喜んでいる。

それがおかしかったから、たくやは必死に笑いをこらえなければならなかった。まだ、いっしょに笑っていいものかどうかためらっていた。だけど、その変なかけ声にも力がこもっていると思うと、そのかけ声の分だけロープが軽くなっているような気がした。

たくやはその妹の鼻の下に、緑色の鼻汁がのびているのを見て、目をそむけた。

「そでで、ハナふくんじゃねぇ」

と、たくやはシャツや学生服のそでではナをふいては、そでだけつるつるに光らせて、よくしかられた。妹のほうが今にもそうしそうで見ていられなかった。

「引いてー」

父親のつかれたような声がして、たくやはロープに力をこめた。

「あれー」

妹のほうがハナをすすりあげながら言った。みんなの声もいっしょだった。

こめた力がはぐらかされて、春さんのジャンパーだけが、からのたるにかけられて上がってきた。

「下はあたたがくて、天国だな」

父親が言った。井戸の外では相変わらず土煙が舞っている。

たるは井戸の底と地表を数えきれないほど往復して、砂利と玉石の山ができていった。

たくやのつける新しい一歩も、井戸からずいぶん離れた。そして、しばらく玉石が続いたとき、

「でっけえの一つ」
と父親が言って、たるから茶色の玉石を一つ転がすと、
「お茶にすっぺって」
と、春さんの言葉を伝えた。

ロープが重くなって、春さんが上がってきた。

「おお、さみぃ」

春さんはたるから飛び出すようにして、小便をしにかけていった。もどってくると、ふるえながらジャンパーを着た。

暗い空のかなたに雪の男体山だけ、光って見えた。高い所ほど寒くて、地下にもぐればあたたかい。太陽から離れるほどあたたかいことがふしぎに思えた。

妹のアオッパナを、おくさんが手ぬぐいで鼻をもぎり取るみたいにふき取った。痛そうにしかめた妹の顔を見たとき、たくやは同じ痛みを思い出していた。

十時のお茶になった。

父親と春さんがたき火の用意をしている。そのすきをねらって、たくやは、父親に近寄るなと言われていた井戸をのぞきに行った。

片手をやぐらの丸太にかけて、精一杯井戸に近寄った。井戸は思ったほど深くなかった。スコップとツルハシが井戸の壁にたてかけてあった。地表から黒い土、赤い土、黄色っぽい土と続いて砂利のまじった底の赤土まで、はっきりと地層がわかれている。

のぞいていると、頭がすうっと前にいくような気がしてきて、あわてて井戸から離れた。離れるとき、中に落ちそうな石を一つ外側へけってきた。

枯れ枝の山に火がつけられた。父親は火の上に太めの枝をわたして、やかんをかけられるようにした。風にあおられて、枯れ枝はバリバリと音を立てて燃え上がる。

「昼までに、しめってきそうげ」

おくさんが聞いた。

「なかなかだな、玉石、もうちっと取んねとな」

春さんはのんびりとキセルに火をつけた。

「この辺は深いの」

おくさんは心配そうな声で聞いた。

「いやあ、そうでもあんめ、この上へ行ったって十八尺（一尺は約三十センチメートル）ってとこだから、このあたりで十五尺、あと三尺か四尺掘れば、三時にはお茶わかせるわ」

春さんはキセルの火をポンとたき火の中に落としながら、笑った。

しぶそうなお茶がくばられた。おくさんから姉のほうの手にわたって、

「ハイ、お茶」

と、差し出された。手袋をぬいだ手はプックリと、はれたしもやけの手だった。

昼ごろになっても、風にあたると白くかわいてしまう石ばかりが上がっていた。そんな玉石の山とお昼で上がってきた春さんを、二人の女の子はうらめしそうにながめていた。

心配そうな二人の顔を見て、春さんは、

「あしたからいいぞ、水もらいに行かなくてもいいんだから」

と言った。

「うん」

姉と妹は合わせたように大きくうなずいた。

「楽んなるな、フロだってうちで入れるな」

春さんはそう言って、メシにすっぺと二人を家のほうに向かわせた。

たくやはその後をついていきながら、白くなった玉石の山をふり返っていた。

家の前まで来ると、妹のほうはかけだしていって、白菜を切っていたおくさんに、

「あしたから、水もらいしなくていいんだって」

と、大きな声で言った。

「よかったよほんとに、なんといっても水がなくちゃあ、話にもなんねがんね」

おくさんは切り終えた白菜を、いろりのなべの中に入れた。そのそばで母親がメザシをあぶっていた。

「だけど、まあだしめってこねげど、だいじょうぶかな」

父親がひと事のように言ったとき、たくやは父親をなさけなく思った。

「なあに、ほんのいっときのちがいさ」

春さんの答えは力強かった。

ふすまも障子もない、仮小屋だという家の中に、ビュウビュウと風の音がひびいた。ときどき、バタンという屋根の上の音にもおどろかされた。

「あいにくの天気だね、きょうは」

母親が風の音からみんなの気持ちを引きもどすように、おくさんに話しかけた。

「でも、この辺の風はまだまだ子ども」

と、おくさんは笑って言った。

「そうだ、信男さんとこは満州だったんだ」

父親が思い出したように言った。

「地の果て、そんなとこから来る風だも、すごいのなんのって……」

それから、父親が戦争で満州に行った話を始めた。戦争での苦労話はいつもじまん話のように聞こえるから、またという気がした。母親もおくさんもしかたなさそうにあいづちを打っているのがわかった。

春さんはいろりの火をつついていた。戦争の話になるといつもだまってしまう。そんな中で、一人何も考えずに話し続ける父親を見るのが悲しかった。

「信男さんは本家に行ってるのけ」

春さんがめずらしく父親のじまん話を打ち切るようにして、おくさんに聞いた。

「本家で開田（新しい田んぼを作ること）やってんだわ、ここの土地ももらったから、開田の手伝いしねわけにはいかなくてねぇ、きょうぐらい井戸掘り手伝えればよかったんだけど……」

「なあに、人手はたりてんだから、たまとごとねえけどよ。でもまあ、たいしたもんだな、本家じゃあ、新田がふえて」

春さんは何度もうなずきながら言った。

「まあ本家のことだけどね、二町歩くらいになったみたいだわ」

「だけども、米とるには二年はかかっぺ」

父親がうらやまし気に口をはさんだとき、白菜の入ったなべから汁があふれた。

みそ汁ができて、メザシも焼けた。たくやが弁当箱をあけると、母親が焼きたてのメザシをご飯の上にのせてくれた。あとは赤い弁当箱に入ったたくわんがおかずだ。

「白菜もあっかんね」

おくさんが白菜のつけものをどんぶりに大もりにして、あわてたように持ってきた。どんぶりは父親と母親の間に置かれてしまって、たくやは立って取りに行くほかなかった。

それには度胸がいった。

それでも、つい何日か前に春さんに教わった、ごはんに白菜を巻いて食べるやり方をためしてみたくて、ちらちらと気にしていた。

そんなときだった。姉のほうが、

「はい」

と、小さな器に分けられて、少ししょう油のかかった白菜を出してくれた。あまりいきなりだったのと、食いたそうにしているのを見られたと思って、

「は、はい、ど、ど、どうも」

と、どもってしまった。

そのあとしばらく、弁当に向かって、はい、どうもを言いなおしていた。そして、ちらっと顔をあげたときに、こんどはたくわんをガブリとやった姉と目があってしまった。たくやはこれでチャラだと思った。


春さんの入った重いたるを井戸の中におろして、午後のつな引きが始まった。

たくやはすぐ昼前の足跡を確かめた。そして、父親が玉石をあけているとき、足跡の先一メートルくらいのところに線を引いた。ここまでくれば水が出る、そう決めた。

しかし、玉石ばかりが続いた後、かけ声がかからなくなった。父親は心配げに井戸の底をのぞいている。たくやたちは、そんな父親をだまって見ているしかなかった。

しばらくして、待っていた父親のかけ声がかかると、春さんが上がってきた。

「だめだ、ノミ使わねと」

たるからおりながら、春さんは言った。

「まさが、岩じゃなかんべな」

父親がしぶい顔をして、春さんを見た。しかし、春さんは一度首を横にしただけで、リヤカーのほうに向かって行った。

風がやんでいた。

「岩に当たっちゃったの」

おくさんが心配そうに母親に声をかけた。

ハナをすすりあげて、妹が
「どうしたの、水、だめなの」

と、姉のほうに聞いた。姉は困ったように首を横にふった。

春さんは道具箱の中から大きなノミとハンマーを取り出してきた。みんなが春さんを見つめている。春さんはだまって見上げている妹のほうに、

「岩みてえな、でっかい石」

と、手を広げてみせた。

「なあに、底ふさいでっけど、平ったい石だ」

たくやは春さんの言葉を信じた。井戸の底にはびんのふたのようになっている石があって、そのふたがしっかりと水を押さえているのだと思った。その石の真ん中を割ったとたん、きっと水が吹き上がって来るんだと考えて、胸をわくわくさせた。

春さんを井戸の中におろすと、みんなが井戸のふちに集まった。ノミの音だけを息を止めるようにして聞いていた。

風がやんで、空気がひえびえとしてきた。

カチーン　カチーン

高いノミの音がしばらく続いた。

割れなければ、割れないほど、石の下の水の力が強いような気がした。割れたら、押さえつけられ続けた水の力が一気に爆発して、春さんまで吹き上げられて来るかも知れないと考えた。

「おう、上げろやー」

井戸の底から春さんの声がして、たくやの想像はあっけなく打ち消されてしまった。軽いたるを引き上げると、ノミとハンマーが入っていた。

次のたるには、三つに割られた石がたるにつきささるみたいになって上がってきた。

「よかったね」

妹のほうが言った。姉がうんとうなずいた。

だけどたくやは、何も起こせなかった石をうらめしく思ってながめた。

しかし、大きい石の後にあけられた砂利を見て、にやりとしてしまった。砂利の色が変わっている。ほんの少しだけど、たるからどろ水がたれたのを見のがさなかった。父親も気がついた。

「おお、もうちょいだな」

「やっとだって」

そう言って、母親がため息をついた。

「水、出たの」

「うん、もう少しだって」

「うん、よかったね」

二人の声は相変わらず小さかったけど、うれしさが伝わってきた。何も起こさなかった大石も、ほんの少しだけがんばっていたような気がして、うれしかった。

「ばかやろめ、はっきりしろよな」

たくやは割られた石に向かって言った。

妹はたるを井戸の中に入れると、ロープから手を離して砂利の山の下のしめった土を確かめに行った。そして、うれしそうにたれたアオッパナをゆらしながら帰って来ると、すすりきれないハナを手袋でこすった。アオッパナが鼻から赤いほおにまでのびて広がった。

たくやは、おおっと言って顔をしかめた。だけど妹と目が合ったとき、おもわず笑っていた。

「ほら、おにいちゃんに笑われるよ」

と、姉がたくやのほうを向いて、照れくさそうな笑顔を見せた。

それなのに妹は、こんどは左手のほうでこすって、鼻をきれいにしてしまった。

「あーあ」

たくやは思いきり顔をしかめて見せた。

すると、妹がたくやをにらんで、「べー」と、舌を出した。三人が初めて、いっしょに笑った。

たるからどろ水が流れ出るようになって、砂利の山からも水がしみだしてきた。さっきたるの中に春さんの雨ガッパが入れられた。

「休みにすっかあ」

と、父親が穴に向かってどなった。返事は井戸の上で消えてしまって、たくやたちには届かない。

「もうちょいだから、やっちまうべって」

父親が春さんの意思を伝えた。

たるからあけられたのは、どろ水としか言いようがないものになっていた。どろ水といっしょに砂利が流れ出た。そんなたるが続いた後、びっしょりになった雨ガッパ姿の春さんが上がってきた。一日で一番重いたるだった。


雲のすき間から細い陽がこぼれていた。

滑車をつっていたやぐらが、かんたんにたおされた。父親が一人で、井戸のまわりに杭を打ち、なわを張った。

「だれも落っこんねと思うけど」と、父親は確かめるように周囲を見わたした。信男さんの家のほかには家など見えない。新田のはしにぽつんと残されたような、二本の松の木だけがさびしく見える。

たくやは気になって、なんなのだろうと父親に聞いてみた。

「あれは、ほれ、馬塚っていって、昔の馬の墓場だ」

聞かなければよかった、と思った。西側に馬塚、うら手に人の墓場、ほかに見えるのは林とまだ砂漠みたいな田んぼ、日が暮れた時のことを考えるとぞっとした。もう、あの二人の姉妹は、なれてしまっているのだろうか。

姉と妹はさっきから、砂利の山から流れ出るどろの川を、家のほうに向けて長ぐつで線を引きながらのばしていた。

「ありがとうございました」

おくさんと姉のほうに何度もお礼を言われて、リヤカーは動き出した。

「さよならー」

妹が手をふった。たくやも、「さいなら」と言って、ぺこりと頭を下げた。

リヤカーの上にはやぐらの丸太や、滑車や、もう用のなくなった荷物が放り投げられていた。ガタガタ道で何度もたるがたおれて転がった。そのたびに母親が立て直した。なんだか、たるが、一番活躍したぞ、といばっているみたいでおかしかった。

博文の家にはもう明かりがついていた。日曜日が終わってしまったと思った。だけど、うらめしい気持ちにはならなかった。

「今夜はうちも、カレーにすっぺ」

突然、母親が言った。博文の家からカレーのにおいがした。

「肉は入んねけどよ」

母親がとぼけて言った時、博文の家の明かりの中に、白いものが落ちてきたのを見た。

たくやはあらためて、冷えた空気を感じて身ぶるいをした。四人のはく息まで、こおって固まってしまうような寒さだった。


次の日、久びさの雪の中で思いきり遊んだ。学校で雪合戦をやった。家に帰ると、急いでソリを作り、博文をさそって近くの山に向かった。長ぐつの中に入った雪も、びっしょりぬれた手袋も気にしないで、山道が見えなくなるまでソリに乗った。そのせいか、手がしもやけのようにふっくらとはれてしまった。いろりの火にかざすと、たまらないほどのかゆみがおそってきた。たくやは手と手をこすり合わせながら、井戸掘りの日の姉のほうの手を思い出した。

木曜日の朝礼の後の行進で、たくやは姉のほうを見かけた。相変わらず、下ばかり見てひっそりと歩いていた。しかし、ほんの一瞬だけ顔をあげて、たくやを見た。そして、コクンと小さく頭を下げた。たくやもあわてて頭を下げた。

休み時間に、なわとびをしている妹にも会った。やっぱりアオッパナをすすりあげていた。目があったら、やっぱり、ベーと舌を出した。

# とおかいさん

沖井千代子（おきいちよこ）

ごましお頭に茶色のぼうしをのせた、それは、とおかいさんでした。

とおかいさんは、雨の日も風の日も、あつい日もさむい日も、村と町のあいだを、行ったりかえったりします。

朝、七時半の汽車で町へ行き、お昼をすぎて村へかえってきます。どしゃぶりの朝も、こおりついたさむい朝も、やっぱり、七時半の汽車にのっています。日曜日にものります。祝日にものります。あ、そうです。祝日のうち、お正月にはのりません。それから、ふつうの日でも、お盆の日にはのりません。海ぞいの線路を汽車はとおかいさんをのせて走ります。


とおかいさんの、ほんとうの名前をしっている人は、あまりいません。みんな、「とおかいさん」「とおかいさん」と、よんでいるからです。けれども、とおかいさんは、やっぱり、表札のかかっている家にかえっていきます。

「さいとう　やすきち」

それが、とおかいさんの名前でした。

とおかいさんの仕事は、遠買いでした。村の人たちから、買物や用事をたのまれては町へ行って、たのまれた仕事をしてくることです。

岩田くつ店からは、町の大きなくつ屋で、くつ底一ダースをたのまれます。川口なんでも屋では、町のおろし屋から、ムギわらぼうしを十こと、軍手を十組、たわしを十。大田こまもの店では、ブローチ十こと、ボタンに糸。山田だがし屋には、あめにビスケットにわらびもち。とおかいさんの、大きなはい色のふろしきづつみは、町をまわるあいだに、だんだんふくれてきます。

村の人たちがたのむのは、とおかいさんの手数料が、ゆうびん料よりもやすいからです。それから、とおかいさんは、たのんだ時間にたのんだものを、きちんととどけてくれるからです。

もともと、瀬戸内海地方のこのあたりでは、渡海屋さんといって、大きな町などから、たのまれた品物を船でもってかえる人たちがいました。それがとおかいやさんとなり、いつか、遠くの町へ買物をたのまれていく人を、とおかいさんとよぶようになっていました。

ごましお頭のとおかいさんは、学校のそばのかんぶつ屋八木商店へ、なわにとおした、ほし魚のデビラ（カレイ）五本をとどけに行っていました。とおかいさんのあるき方は、右かたをいからせていました。それは、とおかいさんの体のかたちになっていました。いつも、右かたに大きなふろしきづつみを、かついでいたからです。大きな歩はばで、あるいていました。いつもいそがしかったからです。

駅から学校までの、たんぼの中の一本道をあるいていると、小学校がえりの子どもたちにであいます。とおかいさんがきまった時間にかえってくるので、まいにちのように、その時間にあいました。

「まん中のは、川口なんでも屋の子だ。左のは、駐在所の子だ」

親子というのは、笑いたくなるほど、よくにているものだと、とおかいさんはおもいます。

なんでも屋の一郎は、正男や友吉らと、道のそばの小川で、オタマジャクシをとっていました。カエルがひっくりかえったように、ランドセルが、草の上にころがっています。

「なんでも屋、はらがひえるぞ」

「でえじょうぶだあ」

とおかいさんにむかって一郎は、したを出してみせました。

「おい、巡査。ズボンがぬれとるじゃないか」

正男もしたを出しました。

とおかいさんは、笑ってとおりすぎました。オタマジャクシがどれだけとれたか聞くほどは、とおかいさんはひまがなかったのです。一郎たちも、とおかいさんのことは、すぐにわすれてしまいました。スイバのかげに大きな食用ガエルのオタマジャクシが、ふといしっぽをふりながら逃げこんだのをみたからです。

とおかいさんは、であう子どもたちのほとんどに、声をかけました。

「広川写真館、青ばながでとるぞ」

とも子は、あごをしゃくりました。

（あのおじさん、なんて下品なんだろう）

とおりすぎたとおかいさんが、ふりかえらないのをたしかめて、とも子は、ポケットから、ちり紙を出しました。

とおかいさんは、子どもたちのことをすきだったのですが、子どもたちは、

（うるさいおじさんだ）

そうおもっていました。

一本道が、学校の運動場につきあたって左にまがるところで、とおかいさんは、ふと立ちどまりました。小川もそこでまがります。

うき草のにおいが、ぷんとはなをつきました。そこには、うき草がながれずに、よくた

まっていました。いまは一人まえになって鉱山ではたらいている、むすこの小太郎は、小さいとき、よくここで友だちと、フナをすくっていました。

「ふくがぬれるぞ。はよ、かえれよ」

ふろしきづつみをかたにかついだ、とおかいさんがとおりかかって、ちゅういしたものです。小太郎は、しらんぷりをしていました。とおかいの子だと、友だちからからかわれるのが、いやだったのです。そのころはまだ、とおかいさんの頭は、ごましおでなくて、くろいぼうず頭でした。

とおかいさんが、学校がえりの子どもたちに声をかけるのは、小太郎に声をかけていたころの、くせになっていました。声をかけながら、小太郎のことを、思いだしていたのかもしれません。

とおかいさんは、うき草のにおいを大きくすいこむと、左にまがる道を、大またにあるきだしました。

山あいの小さな町に、マンガン鉱の鉱脈がみつかって、鉱山会社ができました。小さいころお母さんをなくしていた小太郎は、学校を出ると、村からバスで五時間はなれたその鉱山に、はたらきに行くことになりました。小太郎は、そこで採鉱夫といって鉱石をほりだす人になりました。

とおかいさんがしんぱいしたのは、鉱山にあるという、肺にごみがつく病気のことでした。

「おとうさん、そんなこと、しんぱいしなくてもだいじょうぶだよ」

小太郎はわらいました。

小太郎が鉱山へ行ったあと、とおかいさんはひとりぼっちになりました。

とおかいさんはやっぱり遠買いの仕事をつづけて、まい日、村と町を、行ったりかえったりしました。

小太郎からは、あまりてがみはきませんでしたが、ときどき、村へくる人に、げんきでいると、ことづてがありました。

胸の病気になることもなく、小太郎は、いまではすっかりたくましい若者になっていました。

五月になってまもなく、小太郎から、はがきがきました。

とおかいさんは、町へ行く汽車にのりこむとすぐ、うわ着のポケットからはがきをとり出して、よみなおしました。そうして、ていねいに二つにたたむと、ポケットにしまいました。汽車は、二つほど駅をすぎました。

「ひょっとしたら、よみまちがえていたかもしれんぞ」

とおかいさんはそうおもいはじめたので、またポケットから出してよみました。

「はいけい。おとうさん元気ですか。ぼくも元気です。鉱山のサクラの花も散って、わか葉になりました。おぼんまでは、かえれません。さようなら」

よみちがえていないことがわかって、はがきをポケットに入れました。また二つ、駅をすぎました。

「サクラは、まださいていると、書いてあったんじゃったかな」

とおかいさんはおもいはじめて、ポケットから、またはがきを出しました。やっぱり、サクラは散っていました。

町で店をまわって、とおかいさんのふろしきづつみは、かどばってふくれあがりました。

かえりの汽車にのるとすぐ、とおかいさんの手は、ポケットに入りました。それから、汽車が村の駅につくまでに、はがきは、ポケットから三べん出て、三べんポケットにおさまりました。

その日、とおかいさんは、八木商店にたのまれたタラのひもの一はこを、もってかえりました。

「へい、おおきに。きょうは棒ダラでやんしたの」

赤らがおのとおかいさんは、ひたいのあせを手でふきました。

「おつかれさんでしたなあ」

店ばんのたたみにすわっていったのは、八木商店のおかみさんです。

「ごくろうさんじゃ」

そばに立っているのは、駐在所の山本巡査でした。

「とおかいさんがかえってきて、まず寄るのがここじゃと聞いたもんでの」

かたのふろしきをおろして、つつみをひらきはじめたとおかいさんの手もとをみながら、山本巡査がいいました。

「むすこさんの鉱山で、ちょっと事故があってのう」

「え?」

「昼まえに、落盤があったいうて、山の駐在かられんらくがあったんじゃ」

とおかいさんは、だまって目をあげました。

陽にやけた、はなの大きいとおかいさんの赤らがおが、きゅうには意味がわからなくてこまったかおになりました。

「坑内がくずれたらしい」

「小太郎になにかあったんすか？」

「むすこさんも、そこにおったらしい」

「小太郎が？　小太郎が……」

にもつからタラの箱をとりだす、とおかいさんの手が、小さくふるえていました。

「あとのとどけもの、みな、わたしがするから、すぐ行ってあげんさいや」

おかみさんが、箱をうけとりながら、いいました。

「それがええ。わしも手つだうから」

山本巡査は、かべにはられたバスの時刻表をみました。

とおかいさんは、ふろしきづつみの中の、くつべらのたばや、たわしのかたまりや、電灯のかさなど、くばるところを、おかみさんにたのみました。そして、すぐ、山へ行くバスの停留所へむかいました。

バスは大川ぞいのまがりくねった道を、砂けむりをあげて走りました。道ばたの家にうちつけた、広告のブリキ板が、ほこりをかぶってまっ白でした。

小太郎がこのまえかえってきたのは、お正月でした。とおかいさんにとって、お盆とお正月は、いちばんうれしいときでした。小太郎と、とおかいさんのお休みが、いっしょにやってくるからです。お正月がすぎて、このほこりの道を、小太郎は山へかえっていったのです。

バスのあいだじゅう、とおかいさんは、小太郎が土にうずまっていることをかんがえたり、助けだされて、仲間のなかでわらっていることをかんがえたりしていました。

「おとうさん、しんぱいかけたね」

山の友だちにかこまれた小太郎が、そういうことをかんがえて、とおかいさんは、自分のすがたを見なおしました。ごましお頭に茶色のぼうしをのせた、地下たびと、おうど色のなっぱ服と、いつものとおかいさんのすがたでした。

とおかいさんが身じろがないで外をみているバスのまどに、五月の陽がふりそそいでいました。太陽はだんだんとよわくなって、西へまわりました。まどガラスに、たくさんの切りきずのような、同心の円をえがいて陽がおちていくのを、とおかいさんはみつめていました。

ほこりにまみれて、バスは、鉱山の町につきました。

山にかこまれた谷間に、だんだん畑のようにひくい家のならぶ、鉱山の町がありました。

とおかいさんは、はじめて、夕もやのたちこめる小太郎の山にやってきました。

三日のち、山でくぎられたせまい空を、白い雲がよこ切ってながれていきました。

小太郎をやくその日、鉱山のサクラの木がやわらかい青葉をそよがせていました。

小太郎は四人の仲間と、つめたくなってほり出されました。

山あいで、小太郎は一すじの青いけむりになりました。とおかいさんは、サクラの木のそばで、じっと、それをみていました。


小太郎はいなくなりました。とおかいさんのごましお頭は、いっぺんに白くなってしまいました。

とおかいさんは、たのまれ物を店先におくと、手数料をもらって、だまって出ていきます。そのすがたにちがいはありませんが、これまでとはちがってしまいました。

学校がえりの子どもたちをからかったり、はなしかけたりしていたのを、すっかりやめてしまいました。たんぼの道で、子どもたちが草の穂でカエルをつっていても、下をむいたまま、とおっていきました。

なんでも屋の一郎も、駐在所の正男も、とおかいさんをうるさいとおもっていた広川写真館のとも子も、とおかいさんがはなしかけてくれないのが、さびしくてしかたがありません。とおかいさんは、じぶんたちのことを、わすれてしまったのだとおもいました。

梅雨に入って、ひさしぶりに晴れた日のことです。

とおかいさんは、学校へ行く一本道を、八木商店にむかってあるいていました。道が運動場につきあたって左にまがるところで、とおかいさんの足は、ふと立ちどまりました。

うき草の青いにおいが、ぷーんと、とおかいさんのはなをつきました。とおかいさんは、かおをあげました。

小川がまがるながれの中に、一郎と正男が、ズボンをまくって立っていました。小川は、雨で水かさがましています。ふたりはささ竹で、小さなうき草のむれを、かどによせては道の上にはねあげていました。

一郎のひたいに、うき草がうらがえってくっついています。正男のうでにもズボンにも、うき草が小さな葉を二まいよせあって、いくつもくっついていました。

とおかいさんは、とおい昔の、なつかしいにおいをかいだようにおもいました。心のすみを洗うようなにおいでした。とおかいさんは目をほそめて、そこに立っているふたりをみました。ふたりは、どろだらけでした。とおかいさんの頭に、小学生の小太郎のすがたがうかびました。

「こうれ。なんでも屋と巡査。ズボンが水につかってしもうとるじゃないか」

ふたりは、したを出すかわりに、わらいました。そしてまた、うき草を力いっぱい、竹で道の上にはねあげました。とおかいさんも、ほそい目でわらいました。

とおかいさんがあるきはじめると、ふろしきづつみの中で、川口なんでも屋にとどける、おもちゃのガラガラが音をたてました。

とおかいさんのせなかは、まえよりもまがって、ねこぜにみえました。

# きみに連帯(れんたい)のメールを

石井睦美(いしいむつみ)

おっ、ゆうちゃんだ。

俺は三階の踊り場から二階の踊り場へつばを飛ばす。

つばは、ゆうちゃんの右足前方10センチっていうところに落下して、俺は「ああやっぱオレって天才的」ってこころのなかで喝采を叫んだけど、ゆうちゃんはそれを完全無視してじぶんの家の玄関に消えた。気がつかなかったってこと?

そんなはずはない。ゆうちゃんのこれから出そうっていう左足が、一瞬、わずかにためらったのを、俺は見逃さなかったからね。

どうかしたのか、あいつ。そう言えば、顔色悪かったかも。俺はちょっとマジで心配になって、だけど、ほんとうを言えばあいつの顔色なんて見えなかったしなって思い直す。

俺が見たのは、あいつの染めてない黒い髪と鼻のてっぺん、それから黄色いパーカーの肩のあたり、ジーンズとスニーカーのその双方の先っぽ。なんとも鋭い観察眼。これじゃあまるで、好きな女の子のことを一心に見つめてたみたいじゃないか。冗談じゃないな。でも、ちらっと見えたあいつの鼻の頭、赤くなかったか?

断っておくけど、ゆうちゃんはおばさんだ。おばさんって言っても俺のおばさんじゃなくて、不特定多数のおばさんのひとり、そこらへんのおばさんのひとり、もすこし詳しく言うと、俺のマンションの隣の隣の部屋に住んでいる独身のおばさんだ。

だからほんとうに、欲望の対象でも愛情の対象でもないのよ。

「おい、いいのかよ」

俺といっしょになって、ついさっきまで下の踊り場に向けてさかんにつばを吐いていた横川が言う。横川は中一の時同じクラスで、中二になってからは分かれたけど、部活（サッカー）は一緒。いまもいつもつるんでいる俺のいちばんのダチだ。つば飛ばしも煙草もこいつから教わった。っていうか真似した。

「なんで？」

おまえが言うことじゃないんじゃないの、と思いながら聞いた。

「なんでって、あのおばさん、いつか俺たちにくってかかってきた威勢のいいおばさんだろ？」

横川にそう言われて、俺は出会いの瞬間のゆうちゃんを思い出した。俺らみたいな悪そうな中坊相手に、くってかかってきたゆうちゃんを。

さっき俺は、ゆうちゃんのことをそこらへんのおばさんって言ったけど、そこらへんはそこらへんのおばさんと違うところだ。

「あんときはすげえ迫力だったよな。それにしちゃあ、きょうは変だよなあ。なあ、そう思わねえ?」

っていう横川の声が、耳にねばっこくまとわりつくように聞こえ出したから、俺は、

「俺、帰るわ」

って言い捨てて、階段を降りはじめた。

「えっ? 俺は?」

ったく。じぶんのことくらいじぶんで決めろよ、このたこ。って、思うんだけど、そんなことは口にせず、横川がどうすべきかを俺はちゃんと教える。

「おまえも帰れば?」

なんだかなあ。調子狂うなあ。だいいち中野が俺んとこに行こうぜって言ったんじゃん。横川がぶつぶつ文句言いながら、俺のあとに続く。俺は振り返ることなく、横川に念を飛ばす。俺んちには来るな。絶対に来るな。

俺の飛ばした念が届いたからなんてことはあるわけはないだろうけど、

「じゃあな」

あっさりと横川が言って、

「ああ、じゃあな」

と、言ったとたん、俺は横川にすごく悪いことをしたような気になって、こういうところが俺の気の弱いとこだな、とつくづく思った。

部活帰りにコンビニに寄って買ってきて横川と食ったソース焼きそばの匂いが、匂いだけが充満しているだれもいない部屋にはいったとたん、さみしさっていうか、こころ細さっていうか、そういったものが、心臓からはじまって、からだじゅうに広がるみたいな気分になった。ときどきそうなる。そくそくそく、そくそくそくって、そんな具合に。

あんなに冷たくするんじゃなかったな、こんなんだったら、横川を呼んでいっしょにいたほうがましだったかも。なんて思ったのは、横川に悪いと思ったからではもうなくて、ただ純粋に俺がひとりでつまんなかったからだ。

おふくろ、きょうは何時に帰ってくるのかな。

またきょうも遅いんだろうな。

ソファにごろんと横になり、テーブルの上のリモコンに手を伸ばしてテレビをつけた。テレビが見たかったわけじゃないけど、俺以外のだれかがいて、なにかしゃべってる声を聞きたかった。聞いていたかった。あっちは俺のことなんか知らなくてもさ。だけどどうして夕方の六時過ぎって、どのチャンネルもいっせいにニュースをやるのかな。っていうか、ニュースしかやってないんだよ、マジつまんねえ。

ちょっと、あんたたち、なにやってんのよ。つば、飛ばしてたでしょう？　いま。つばを飛ばすって、どういうことだかわかってるの？　ちょっと、ひとの話はちゃんと聞きなさい。

　おふくろ以外のおばさんが、そんなふうにくってかかってくるのを目にしたのはそのときがはじめてで、当然、何このおばさんって俺は思ったわけだけど、そのいっぽうでどんなこと言いだすのか興味もあって、それなのに、横川のやつ、すいません、ぼく、気持ち悪くなっちゃって、それでなんです。なんてほんとうに具合悪そうに言った。ったく、つまんないやつだったらありゃしない。でもそいつがいまのところ、俺の友達ってことになっていて、友達って言ったってたいした友達じゃないけど、そんなんでもいないよりはましだ。

　ふうんって、ゆうちゃんは言った。横川の言葉をすこしも信用してないみたいなふうんだった。で、いまはどうなの？　顔色、いいみたいだけど。ああ、いまはだいぶよくなりました。そ、よかったわ。じゃあ、つば、飛ばしたところ、水洗いしなさい。モップとバケツ、貸してあげるから。ほら、早くする。

ゆうちゃんがほとんど押し付けるように差し出したモップとバケツを受け取って、あのう、水は？　って俺が聞いたら、あんたのうちだって水くらい出るでしょって言いはなった。ああ、そういうことね。

あのとき、結局横川は、俺、マジで具合悪くなったって言ってさっさと帰り、俺はひとりで掃除をしなくちゃならないはめになった。

あれ、きみの友達？　帰っちゃったっていうか、逃げちゃった子。掃除道具を返しに行くとそう言われた。それは、ああいうのでも友達っていうんだ。あの子、なにか起こるたびに逃げるわよっていうふうに、ものすごくそんなふうに聞こえて、俺は、あんたに言われる筋合いはねえよって思ったけど、よく考えてみると、そう思ったのは俺だったわけだ。なんだかなあ。

なんだか腹が減ってきた。おふくろ、晩飯、作ってあるのかな？　そう言えば、さっきお湯、沸かしたとき、レンジの上に鍋、載ってなかったよな。ていうことは、また弁当か。コンビニ弁当。

金。金。おい、おふくろ、おまえ、金、置いておくのも忘れたんじゃないの？　いつもの場所に晩飯代が置いてなくて、ほら、こういうことがあるから金、まとめて渡してくれって言ってるのに。ったく、ついてねえ。俺、どうすんのよ。

　文句を言うついでに、飯、マジどうするか、おふくろに電話しようとしたとき、ドアチャイムが鳴った。だれだよ。

「はい」

「なんて不機嫌そうな声。いい声が台無しだよ」

　インターフォン越しにゆうちゃんが言った。さっきのつばのこと、今ごろになって言いに来たのかよ。るせえ、おせっかいばばあ。

「なんすか？」

「なんですかって言ったのよね、たぶん。あのさあ、いっしょにおでん、食べない？」

「はあ？」

「おでんよ、おでん。とにかく開けて」

　きみの夕食代置いておくの忘れたから申し訳ないけどお金、立て替えといてって、おかあさんから電話があってね、いいよって応えて電話を切って、お財布持って玄関を出ようとしたとき、そうだ、ゆうべ作ったおでんがいっぱいあるじゃない、それ、いっしょに食べようって思いついたのよ。悪いけど、おいしいわよ。そう言いながら、ゆうちゃんは上がってきた。俺んちに。

べつに悪かないけど、こういうの――湯気のあがる土鍋を持ってゆうちゃんはドアの前に立っていた――はさすがにはじめてで、それって、おまえの鼻の頭が赤かったこととなんか関係があるわけ？　って、俺は思ったけど、もちろん聞かない。

それで俺たちは向かいあって、おでんを食べた。ゆうちゃんは土鍋のほかにタッパーに炊きたてのご飯を詰めて持ってきて、俺のとお客さん用のご飯茶碗にそれもよそった。だけど、どうしてこの季節におでんなんだ？

おでんはたしかに結構うまくて、腹も空いていたし、俺はすごい勢いで食べ続けていたけど、ゆうちゃんはあんまり食べない。食わないのって聞いたら、なんだか疲れちゃってって言う。

ああ疲れた、女がひとりで生きていくのは大変なのよ。って言うのがおふくろの口癖だ。ひとりじゃないじゃん、俺がいるじゃん。そうだった、だから余計疲れるんだ。つぎからつぎに問題起こしてくれる息子がいるから。ああわかってるよ。ほんとのこと言えば、悪いと思ってる。言ったことないけど。あんたは我慢が足りなくて、我慢が足りないばっかりにちょっとのところで周りから誤解される。あんたはほんとはすごくやさしい気のいいやつだよ、それはママ、よくわかってる。だからもすこし我慢すればいいものを、しきれずに切れちゃって、それで最後にはあんたが悪くなっちゃうのよ。途中までは相手のほうが悪かったとしてもね。そのために、どれだけ下げなくていい頭を下げ続けてきたことか。まあ、そんなふうにおふくろが言うときは、平和なときだな、俺もおふくろもおたがいに。

俺がいなかったら、おふくろは、その分、楽になったろうか？　デザイナーで、もともと稼ぎのよかったおふくろが、ほとんど稼ぎのなかった俺のオヤジをこの家からたたき出すように追い出して、それで俺がいなかったら、すげえ助かったのか。そうかもしれない。俺なんて、産まなきゃな。かあさんさあ、俺を産んだこと、後悔してるんだろ？　ばかじゃないの、そんなことあるわけないでしょ。じゃあ産んでよかったわけ？　あたりまえでしょう。そうおふくろは言う。それがほんとのときもあるけど、嘘のときもあるのを俺は知っている。嘘つくんじゃねえよ、このくそばあって思うけど、ほんと、産まなきゃよかったわ、なんて死んでも聞きたかない。なんでって、なんでもだ。

「なんで？」

って、俺は聞いた。

「えっ」

「だから、なんで疲れてるの？」

言いかたがやさしくて、俺はあせった。なに、やさしく話しかけてんだ、もっと不機嫌にしゃべろよ。と、俺は俺に言う。でも、ゆうちゃんは気がつかなかったみたいに、

「まあ、いろいろあるのよ」

って、言った。

やっぱ、変だ。つばにも、俺の言いかたにも気づかないなんて。それって、鼻の頭が赤かったことと関係があるのか？

「仕事とか？」

「仕事もそうだけど、人間関係かな。しょうがないんだけどね。でも、ああまで通じないと、ほんと情けなくなる」

ゆうちゃんの鼻の頭が見るまに赤くなっていく。やっぱなんかあったんだ。だけどこんなとこで泣くなよな。俺、知らねえぞ。

だから泣くなって言ってんじゃねえかよ。おまえが泣くのが、俺はいちばん嫌なんだ

よ。ママだって、泣きたくなるときがあるわよ。やってもやっても仕事が終わらなくて、だけど、あんたを育ててかなきゃいけなくて、必死で働いてるの。へとへとよ、へとへと。そこへ持ってきて、あんたがまた学校で問題を起こす。理由もなく友達をなぐりました。部室で煙草を吸いました。授業をさぼってゲーセンで補導されました。仕事中だろうがなんだろうが、その度に呼び出しよ。もういい加減にしてよ。なんでもかんでも俺のせいかよ、我慢が足りねえって言うのかよ。そう、我慢が足りないわね、はっきり言って。なんど約束したのよ、もう切れないって。わかったよ、俺がいなきゃいいんだろ。出てってやるよ、こんな家。出てくって、こんな夜遅くにどこへ行くのよ。その辺、ふらふらするの、やめなさいよ。マンションでなんて言われてるか知ってるの？　もうこれ以上、問題、起こさないでよ、ここにもいられなくなる。るせえんだよ。俺は拳固で壁をたたいた。はげしく一度。もうやめてよ。そう言って、おふくろはまた泣きはじめた。からだをまるめて。まるまってちいさくなったおふくろのからだ。

　泣いているおふくろをそのままにして、俺は部屋にこもる。確かにおまえは働いてるよ、親父がいたころからずっと。そう、俺の記憶にある限りずっとずっと働いてたよ。だから俺は我慢してんだよ。ほんとはあんたにそばにいて欲しくてしかたなかった。だけど我慢してたよ。いまだって、我慢してるよ。なのにまだ我慢しろって言うんだ？　このまえおまえ、俺と晩メシ食ったの、いつだと思ってんの？

「泣きたきゃ、泣けばいいじゃん」

俺がそう言うと、ゆうちゃんはえっていう顔をして俺を見た。俺もそんなこと言うつもりは全然なくて、おい、俺、どうしちゃったのよって、思ったくらい。でも、俺の言葉はおかまいなしに俺の口から飛び出していく。

「我慢しなくていいじゃん。うわっと泣いて、また元通りになればいいじゃん。おふくろなんて、しょっちゅう泣いてる」

「それは、きみが泣かせるからでしょう？　おまけにおばちゃんまで泣かせちゃって。悪いけど、ティッシュ、くれる？」

俺が渡したティッシュでゆうちゃんは目元をおさえ、おんなじそれで洟をかんだ。

「きたねえ。だいいちカッコわりい」

って、俺は言った。

「きたなくてカッコ悪くて悪かったわね」

と、ゆうちゃんは言った。いつもの威勢のいいおばさんに戻りつつある。案外、回復が早いな。

「だけど、ひとりで闘って生きてきたんでしょ？」

「えっ」

「いつか、そう言ってたじゃん。俺とおふくろが、ゆうちゃんの前でやりあってさあ、ゆうちゃんがなんか偉そうなこと言って仲裁にはいって、うるせえ、ばばあ、おまえなんかになにがわかる……」

俺はその時のことをよく覚えている。久しぶりのおふくろの休みで、焼肉を食いに行くところだった。玄関を出たとたん、おふくろのケータイが鳴って、あ、やべえ、仕事だなって思ったらその通りで、おふくろは、ごめん、焼肉、だめになったわと言った。俺に悪いとか、かわいそうとか、そんな気持ちも態度も全然なくて、仕事だから当然というおふくろのようすに、俺は切れた。その時だったんだ。それまで、口もきいたことのなかったゆうちゃんが、俺とおふくろのあいだに割りこんできたのは。

「ああ、言った言った。わかるよ、あたしだって、子供のときからひとりで闘って生きてきたんだからって」

「そうそう。あんときは、なにくせえこと言ってんだ、このばばあって思ったけど」

「思ったけど？」

「その戦闘的な性格からして、そうかなって思わないでもない」

俺がそう言うと、ゆうちゃんは口を大きくあけて笑った。

「戦闘的なとこは、あたしたち、いっしょかも」

「けっ」

「けってなによ？　いやなわけ？」

「べつにいやなわけじゃないよ」

ふふって、ゆうちゃんが笑う。なんか気持ちわりい。

「なんだかきみに、連帯のエールを送りたくなったな」

「メールなんていらねえよ」

ほんと、マジでいらねえ。欲望の対象でも愛情の対象でもないからな。隣の隣に住んでるばばあのままでいいよ。

「バカだねえ、メールじゃなくて、エール。連帯のエール。でも、メール送るのも、悪くないか？」

「いや、いいっす」

と、俺は答えた。

ほんと、いいす。ちょっとやさしくしたからって、メールなんてくれなくて、いいす。

そういうの、面倒だし、面倒な女は、いまんとこ、おふくろだけで充分なんだよ。

# ハーフ

草野たき

ぼくの母親の名前は、ヨウコという。
ぼくは小さいときから、ヨウコが母親だと教えられてきた。
ヨウコは、茶色い毛並みのきれいな、犬だった。

# 1

庭にいるヨウコが急に吠えだした。

吠えるといっても、ワンワンというよりクオンクオンというあまえるときの鳴きかただ。

ぼくはあわてて、見ていたテレビを消して、となりの自分の部屋にもどり、勉強机に座る。

勉強机の上には、いかにもさっきから宿題をやっていたかのようにちらかしてある、算数の教科書とノート。

玄関のカギががちゃりとあく。

「帰ったぞー」

つづくのは、決まりきった父さんの声。

ヨウコが、茶の間の縁側にとびのって、さらにせつない声をだす。

クオンクオン！　クオンクオン！

ぼくは勉強机からはなれて、テレビのある茶の間から玄関のほうに顔をのぞかせる。

「おかえりー」

玄関では、父さんがネクタイをゆるめながら、左手にぶらさげていた松原ストアの買い物袋を見せびらかすようにゆらしている。袋の中身はきょうの夕食の材料。父さんは靴をぬぐと、台所のテーブルの上に袋をどさっと置いた。

「真治、腹へったかぁ。きょうの夕飯はハンバーグだぞ。すぐできるからなぁ」

父さんが今夜のメニューをつげる。

「ふぉーい」

ぼくはいつものようにてきとうな返事をして、ふたたび勉強机にもどる。

そして、父さんのつぎにとる行動は決まっている。台所から小さな茶の間を走って、縁側の窓をあける。奥さんであるヨウコと、ただいまのあいさつをするためだ。

「ただいまぁ。ヨウコォ」

父さんが声をかけると、ヨウコは待ちきれないように父さんにとびつく。鼻をクンクン鳴らして、父さんの口や鼻、ほおやあごをなめまわす。

父さんもヨウコのせなかをさすりながら、うれしそうにだきついている。

「そうかぁ。おお、よしよし。うん？　そうか、さびしかったかぁ？　うん？　腹もへったか？　そうかそうか、きょうはペディグリーチャムのビーフ&野菜だからな。なに？　チキン&野菜のほうがいいか？　よし、わかった。いますぐ用意するからな」

これが、宮田家では「夫婦の会話」となる。

ふつうならじゃれあう親を見て、

「いい年して、ぼくの前でいちゃつくのはやめてよねー」

なんていうのだろう。

ふつうのうちの、ふつうのこどもだったら……。


父さんの宮田祐治はサラリーマンで、先月で四十六歳になったふつうの人間の男だ。

そして、ヨウコはどこからどう見ても、雑種のメス犬でしかない。

そんなふたりのなれそめは、ありがちな話だ。

父さんがいまの会社で働きはじめたころ、川原の段ボール箱の中にいたヨウコに声をかけたのがきっかけだという。ヨウコのきれいな毛並みが父さんをいっぺんに夢中にさせたというのだ。

「まあ、かんたんにいえば、父さんがヨウコをナンパしたってわけだな」

父さんは、せがんでもいないのに、息子のぼくにこのときの話を何度もする。

その話をするときは必ずそばにヨウコがいて、まるで確認しあうようにおたがいを見つめあう。

ようするに、父さんがヨウコをナンパして、ヨウコも父さんを好きになって、それでふたりはつきあうことになって、すぐに結婚。そんなふたりのあいだに生まれたのが、このぼくだというのだ。

するとぼくは、人間と犬のハーフということになる。

だけど……というかもちろん、ぼくとヨウコはちっとも似てない。

ぼくはみごとに、人間のかたちをした小学六年生の男子で、はだかになったところで、ヨウコからなにかをうけついでるらしき兆候は、いまのところない。

しかし父さんはいう。

「真治の目がぱっちりしてるところは、ヨウコゆずりだよなぁ」

まあ、鼻や口や耳が似てるといわれるよりはかなりましなので、そこはぼくもいちおう納得している。

「さあ、夕飯の用意をしないとな。おい真治、宿題は終わったのか？」

「あと……もうちょっと、かな」

「だめだぞ、ちゃんと勉強しないと。テストの成績しだいでは塾にいかせるからな」

父さんがそういったとたん、庭でヨウコがワンとひと鳴きしてみせる。

「ほら、ヨウコだって賛成してる」

父さんは大きくうなずくと、台所にもどって夕飯の用意をはじめた。

「はいはい」

ぼくはしかたなく宿題にとりかかる。

# 2

ぼくは小さな庭がついてる借家に、父さんとヨウコとくらしている。

ヨウコは家のことはできないので（あたりまえだ）、洗濯もそうじも食事の用意も全部、父さんがやっている。ぼくだって、手伝いくらいはできるのに、父さんは絶対にぼくには手伝わせない。全部、ひとりでやっている。

でも、父さんの主夫ぶりは、パーフェクトだ。

ごはんはおいしいし、家はいつも整理整頓されているし、ぼくのシャツはビシッとアイロンがかけられている。

おなじクラスの光彦の家に遊びにいったときなんて、すごかった。母親が専業主婦だというのに、台所のながしの中は洗ってないお皿や茶わんでいっぱいだったし、リビングや光彦の部屋もそれはそれはみごとなちらかりぶりだった。フローリングの床のすみには、ものすごく大きな綿ぼこりがいくつも転がっていて、感動したほどだ。

それにくらべて、父さんは本当にすばらしい。ヨウコができないぶん、無理して完璧にやってるようにも見えるけど。

ただ、ひとつだけ、父さんにたのまれてることがある。

それは毎日、ヨウコと散歩することだ。朝は出社前に父さんが、夕方はぼくがいっしょに散歩するってわけだ。土、日や祝日なら買い物ついでの父さんといっしょに、ということもある。

「ヨウコはああ見えてもさびしがりやさんなんだ。夕方はとくにさびしい気分になるんだってさ。だから、夕方はヨウコといっしょにいてやってほしいんだ」

ぼくはもちろん、このたのみをきいている。塾にいけとか剣道を習えなんていわれるより百倍ましだし、ヨウコと川原を散歩するのは、きらいじゃない。

夕方、ぼくが散歩のために庭にあらわれると、ヨウコはすごい勢いでぼくにとびついてくる。さびしかったっていうより、散歩にいきたくて、うずうずしている感じだ。

ちなみにこのときの鳴きかたはワンワンだ。父さんがいると、とたんに「クオンクオン」となるところがちょっと憎らしくもある。

庭で自由にすごしているヨウコの首にリードをつけるのは、なかなか手間がかかる。早く散歩にいきたくて、じっとしていてくれないからだ。

父さんなら、ヨウコと散歩するとき、決まってこういう。

「本当はぼくだっていやなんだよ」

こういうときの父さんは本当にかなしそうだ。

「どうして、自分の奥さんをこんなリードでつながなきゃいけないんだって思うよ」

父さんはヨウコのせなかをなでながら、やさしく説得をする。

「だけど、お向かいの佐藤さんのおじいちゃんだって、毎日おばあちゃんを車いすにのせて散歩してるだろ？　それと似てると思わない？　いっしょに散歩するのに、あのひとたちには車いすが必要で、ぼくらにはこのリードが必要なんだ。ぼくらは手をつないで歩けないけど、かわりにこのリードでつながってるんだよ。わかってくれるね……。うん？　そうか、わかってくれたか」

父さんはかならず、ヨウコとそんなやりとりをしてから、首輪にリードをつなぐのだ。

でも、ぼくはそんなことといわない。

「ああ、わかったわかった。いま、リードをつけるからじっとしててよ」

とびついてくるヨウコにかける言葉は、このていど。

リードをつけないで散歩をしている犬だって、ときどき見かける。だけどヨウコの場合、散歩の途中でほかの犬とすれちがうとき、とくに相手がメス犬だとものすごい勢いで吠えたてケンカをふっかけるので、リードはつけないわけにはいかないのだ。

父さんはそんなヨウコを見て、

「女ってのは、むずかしい生き物だよな。なんであんなにライバル心をむきだしにするのか、父さんにもさっぱりわからないよ」

とあきれ顔をする。

ちなみに、ぼくがヨウコを「母さん」と呼ばないわけもここにある。

「ヨウコは、母さんなんて呼ばれたくないんだ。いくら自分の息子でも、母さんなんて呼ばれたらおばさんになった気分になっちゃうわってさ。ヨウコはそういうとこ、すごくこだわるんだよな」

ぼくは父さんのようにヨウコの言葉がわからないけど、そういうことらしい。もちろん、母さんと呼びなさいといわれてもこまるのだけど……。

ヨウコは庭をでると、いつもダッシュで走りだす。ついていくぼくはたいへんだ。家をでて、ななめ向かいの家の角を曲がって、大通りにでる。

そこから多摩川まで、およそ三百メートル。そんなに遠くはないけれど、ヨウコにあわせて休みなしで走るのはけっこうつらい。川原につくころには、ぼくの心臓の速さは、いつもの二倍だ。まったく、なんて母親だろう。こどものことも少しは考えてほしいものだ。

まあ、本当に母親なら、の話だけど。

でも最近、少しスピードが遅くなったような気がする。ぼくの足が速くなったせいなのか、ヨウコがぼくにあわせてくれるようになったのか、まあ、どっちでもいいけれど。

川原につくと、ヨウコはしばらく草むらに鼻をつっこんだり、おしっこしたり、あお向けになってからだをこすらせたりする。

ぼくはそのとなりで、あたりにいるひとをながめる。

自転車にのってる女のひととか、買い物袋をさげて歩く女のひとなんかがいると、じっとその様子を見つめてしまう。

「あら、かわいい犬ねぇ」なんていって、見なれない女のひとに声をかけられたりすると、ドキドキしてしまう。

もしかして、ぼくの本当の母さんかもしれないって、うたがってしまうから。

だって、もし生きてるならぼくに会いたいはずだ。だけどなにか事情があって会えないとか、家にたずねてくる勇気がないとか、だから犬の散歩の時間をねらって、こっそりぼくを見にきているんじゃないかって、どうしても考えてしまうから。

ぼくは、頭の中で自分の本当の母さん、人間のかたちをした母さんを想像してみる。

やっぱり顔は、きれいなほうがいい。できれば、ともだちにうらやましがられるくらいに。それから、若いってことも大事だ。本当に若くなくても、若く見えるだけでいい。あと、いい匂いがするっていうのもいい。授業参観のときみたいに、教室がくさくなるような香水の匂いじゃなくて、洗剤みたいな匂いがいい。タオルで顔をふくたびに、母さんの匂いってこんな感じかなって、イメージがふくらむ。

ぼくは、ヨウコとの散歩の時間、そんなイメージに合うひとを、どうしてもさがさずにはいられない。

しばらくすると、川の向こうの団地にポツポツと明かりがともりはじめる。

きょうも、それらしいひとはいない。

まあ、毎日のことなのでとくにがっかりすることもなく、家に帰ろうとヨウコのリードをひっぱる。

「宮田」

まだ遊びたりない様子のヨウコを、無理やりひいて帰りはじめたころ、とつぜん名前を呼ばれた。

ふり返ると、そこにはおなじクラスの三浦花子が、小さい弟の手をひいて立っていた。

「ああ」

思わず、会いたいひとはこいつじゃないんだよなぁ、というため息にちかい声がでてしまう。だけど三浦はそんなことちっとも気にせずに、

「ヨォウコォォ」

とヨウコにだきついている。ヨウコも三浦の顔をなめまわしている。

「ほら、武雄もヨウコにこんにちはっていえばいいじゃん?」

だけど、三浦の弟はヨウコをこわがって、ぼくのうしろにかくれる。

ぼくと武雄は、しばらく三浦とヨウコがじゃれあうのをながめる。豆腐屋のラッパが鳴っている。空をスズメの集団がわたっていく。

おなじクラスの三浦花子とは、ここでこんなふうに会うことが多い。弟を保育園にむかえにいく時間と、ちょうどぶつかるらしいのだ。

三浦は背が高くて、がっしりとしていて、髪が短い。スカートをはかないし、声もひくいし、言葉づかいも悪いので、よく男とまちがえられる。野球チームにもはいってる。ポジションはピッチャーらしい。休み時間もよく、男子といっしょに遊んでいる。頭もいい。先生の質問に、こたえられないところを見たことがない。

悪いやつじゃない。だからべつに、きらいなわけじゃない。だけど、苦手。じつはかなり……。

「はなこちゃぁぁん」

ぼくのうしろにかくれている武雄が、泣きそうな声をだす。その声をきいて、三浦はやっとヨウコからはなれた。

「ああ、わたしも犬、飼いてぇー」

三浦がのびをしながら、つぶやく。

「三浦んとこは、マンションだっけ……」

ぼくがいうと、

「アパート。それに、武雄がこれじゃねぇ」

まだ三浦にじゃれつこうとしているヨウコがじゃまで、武雄は三浦のそばにもどれない。ぼくにしがみついたまま、おびえている。

「ほら、武雄、こわくないじゃん。ほら、ほら」

三浦は武雄の手をとると、無理やりヨウコにふれさせようとする。

「ヤー、ヤァダー」

武雄が片手でぼくの足にしがみついて、必死で逃げる。

「ほらぁ、おまえ男じゃん。ヨウコこわがって、どーすんだよ」

三浦はそれでも武雄を無理にひっぱる。武雄はとうとう泣きだして、ギャーギャーと声をあげる。その声におどろいて、ヨウコまで吠えだす。

「無理しないほうがいいよ」

ぼくがおそるおそるいうと、

「無理じゃないよ。こいつ弱虫なんだもん。なんとかしたいじゃん、この性格」

三浦はキッとなって、いい返してきた。ぼくはらんぼうな言葉に、なにもいい返せなくなる。

「ああ、もう、しっかりしろよなぁ」

最後に三浦は、武雄の頭をゴツンとげんこつでたたいて、あきらめた。

「ほら、帰るよ」

そういってしゃがむと、武雄はやっとぼくの足からはなれて、三浦のせなかにペタッとはりつく。立ちあがった三浦におんぶされた武雄は、涙と鼻水だらけの顔を三浦のせなかにこすりつけている。

武雄を軽々とおんぶした三浦は、首をポキポキッと鳴らすと、ぼくとヨウコに、

「じゃあねぇ、バイバーイ」

といって、さっさと歩きだしてしまった。ぼくはふたりのせなかをぼんやりと見送りながら、

「やばんなやつだよなぁ」

とつぶやいた。

「イテ」

リードが足にからみついていたので、転びそうになる。ぼくはからまったリードをほどくと、ヨウコにひかれて川原を歩きだした。川は広くて、どっちが下流かわからないほど、流れはゆるい。ススキの群れが、穂をびゅんびゅんまわすようにゆれている。風がつめたい。

寒いとぼくは耳が痛くなる。ぼくは片方の手で耳をおさえた。
耳もとで、風がびゅうびゅう鳴っていた。

# 3

冬休みが終わったばかりの最初の日曜日。バスと電車で一時間くらいかかるところに住んでいる良子おばさんがやってきた。良子おばさんは、父さんのいとこにあたるひとで、二か月にいちどくらい、いつもとつぜんやってくる。呼んでないのに、ケーキやプリンやようかんを持って、

「さびしいと思って、遊びにきてあげたのよ」

なんていう。

「男ばっかりで、ろくなもの食べてないと思ってね」

と、あまりおいしいとはいえない肉じゃがとか野菜いためとか、シチューを持ってくる。くるたびに父さんとぼくは、こんなに元気にくらしてますってところをアピールしたり、逆に父さんの完璧な料理をごちそうしてあげたりするのだけど、全然きき目がない。おばさんはいつも、ぼくらを心配だといってやってくるのだ。

そして、うちにきてからしばらくすると、

「真ちゃんは、もう自分の部屋にもどっていいわよ」

なんていう。

この言葉は、おばさんが大事な話にはいるわよという合図なのだ。ぼくを追いはらって、父さんにお説教をする時間がやってきたのだ。さらにおばさんは、父さんに目くばせをする。すると父さんまで、

「真治、あっちにいってなさい」

と、心にもないことをいう。まるで、おばさんの合図によくしたがう子犬みたいに。

ぼくは、しかたなく自分の部屋にすなおにもどる。こんなところで反抗したら、しつけが悪いと、父さんがおばさんにしかられるから。

それに自分の部屋にもどったって、ぼくにはふたりの話はちゃんときこえるのだ。ぼくの部屋は、茶の間のとなりだから。それにおばさんの声はすごくでかい。あれで、ないしょの話をしてるつもりなら、いちど病院で耳かのどをみてもらったほうがいい。

「だいじょうぶ？　ちゃんとやってるの？」

ぼくが自分の部屋にもどると、おばさんはおもむろにきりだす。

「はい、真治もうすぐ中学生ですし、うまくやってます」

「そう、でも、あなたもいい加減ひとりじゃ、からだがもたないわよ」

ぼくはうんざりして、ブルブルとくちびるを鳴らす。

「もう、いい年なんだし、真ちゃんだってこれからむずかしい年になるんだから……」

「はぁ」

父さんがたよりない返事をする。ぼくはふすまを細くあけて、茶の間をのぞいた。父さんは、正座をしたまま うつむいている。まるで、おばさんにしかられている、小さなこどもみたいだ。

「ねぇ、あなたにぴったりのひとがいるのよ、会ってみない?」

おばさんは、かばんをごそごそさせて、いつものアレをとりだした。お見合い写真だ。白い表紙を開くと、クリーム色のスカートとか、桃色の着物なんかを着ている女のひとがよそゆきの顔でわらっているやつだ。

だけど、父さんはそれをうけとっても、ちっともちゃんと見ない。

あたりまえだ。父さんには、ヨウコがいるのだから。

「ねぇ、真ちゃん、平気な顔しているけど、さびしいはずよ。それに、お母さんをまったく知らないで大きくなるのは、よくないと思うのよ」

「はあ、でも……」

父さんは口ごもるだけで、はっきりしない。

もしここで父さんが声をあらげて、

「ぼくには、ちゃんと奥さんがいます。ヨウコがぼくの奥さんです。真治はヨウコのこどもです!」

なんていったら、ぼくは自分がヨウコのこどもなんだって、みとめてもいいかなって思う。授業参観日にだって、どうどうとヨウコをつれていってみせよう。

だけど、父さんはそうはいわない。いつだって、ただ、うつむいて、もじもじしているだけ。

そんな父さんを見ていて、ぼくは出動せずにはいられなくなる。

「はあ……。ちょっとさあ、やっぱ、あっちにいけっていわれても、いま、勉強したりマンガ読みたい気分じゃないんだよねぇ」

ぼくは、そんなこどもっぽいセリフをはきながら、茶の間にはいっていく。

「真ちゃん、まだおばさんたち大事な話をしてるのよ」

そういわれても、ぼくはお芝居をつづける。

「なんかさぁ、おばさんがいると、どうしてもプレステで対戦したくなっちゃうんだよねぇ。まあ、きょうも、ぼくが勝つに決まってるんだけどさぁ」

そこでぼくがにやりとしてみせる。するとおばさんの顔つきも、パッと変わる。

「あら、おばさんだって、最近、かなりうでをあげたのよ」

こうなったら、ぼくの勝ちだ。

お芝居は大成功。

おばさんは、ぼくとゲームをするのが好きなのだ。ぼくと対戦しても、負けてばかりなのに、ぼくが相手をしてあげるとすごくよろこぶのだ。

だから、こんなふうに勝負をもちかけて、おばさんがことわることはまずない。

それが、父さんとの大事な話の途中だったとしても、というところが、おばさんのわからないところでもある。

ぼくがテレビをつけると、おばさんはいつものとおり、大事な話をほうりだしてぼくのとなりに座った。

「おばさんねぇ、野球がいいわ。このあいだやった野球のゲームあるでしょ」

おばさんがぼくのゲームソフトがはいっている箱をあさりはじめる。

ぼくはお芝居をつづけながらも、このおばさんの態度の変わりように疑問を持たずにはいられなくなる。

いいのかおばさん、ぼくとゲームなんかしてていいのか？

まあぼくにとっては都合がいいので、もちろん問いつめたりはしないけど。

そうして、まんまとぼくのさそいにのったおばさんは、きょうもやっぱり弱かった。弱いのに、負けてばかりなのに、おばさんは何度もぼくに勝負をかけてくる。くやしそうに、でもちょっとうれしそうに、何度も。

このしつこい性格にうんざりしながらも、勝負をやめたおばさんにさっきの大事な話を思いだされてはこまるので、ぼくはいつまでも相手をする。

何回目かのリセットをかけて、ふと、縁側の窓をのぞいたときだった。

いつのまにか庭にでて、ヨウコとじゃれている父さんが見えた。ヨウコにしがみつくように、だきついている。

「昔は、あんな弱い子じゃなかったのよ」

気がつくと、おばさんもまた父さんを見ていた。

「明るくて、いたずら好きな、ふつうの子だったのに……」

おばさんはため息まじりでそういった。

「真ちゃんだって、つかれるわよね」

ぼくはおばさんの言葉に、よくわからないというふうに、首をかしげる。いま、ぼくはむずかしいことはわからないむじゃきなこどもの役なので、おばさんがいいたいことを理解できないのだ。

父さんは、ぼくとおばさんに見られてることに、気づかないまま、いつまでもヨウコにだきついていた。しがみつくように、なにかを自分自身にいいきかせてるみたいに、ヨウコに両手をまわしてだきついていた。

# 4

ぼくの一番古い記憶は、三歳の夏の日のことだ。ぼくがまだ、ヨウコが自分の母親であるかどうかってことを、ちゃんと考えたりしなかったころのこと。

そのとき、ぼくとヨウコと父さんは、海にいた。日差しがすごく強くて、海はどこまでも青くて、広くて、水面が鏡を反射させてるみたいにひかっていた。砂浜はひとでいっぱいだったけど、ぼくらがいた岩場のほうはあまりひとがいなかった。

「真治、ヨウコに泳ぎを教えてもらいなさい」

父さんは、持ってきたうきわをひとりじめして、勝手にプカプカと海にうかんでいた。

ヨウコは、どぼんと海にとびこむとちゃんと犬かきをして、元気よく泳いでいた。

「おお、さすがにうまいなぁ。父さんも教えてもらおうかな」

父さんはごきげんだった。楽しそうに海にうかんでいた。だけど、ひとりで岩場にのこされたぼくは、すでに半べそだった。

海は、遠くから見てるぶんにはよくても、ちかよってよく見ると、いつもゆらゆらと波をつれてうごいていて、ぼくみたいな小さいこどもが足をいれたら、とたんにそのまま深いところにひきずりこまれてしまうように見えた。とてもこわかった。本当はそこは、三歳のぼくの背たけでもじゅうぶんに足がつくほど浅いのに、ひとりでとびこむ勇気は、全然なかった。

それなのに、父さんはのんきに、

「早くこいよー」

なんてさけんでるし、ヨウコは勝手にばしゃばしゃと泳いでいる。

「こわいよぉ　やだよぉ」

ぼくは泣いて、助けをもとめた。でも、父さんはあいかわらずにこにこして、

「こっちに、おいでー」

なんて、さけんでいた。

「ヤダァ！」

ぼくはギャーギャーと、泣くしかなかった。まだ、たった三歳だったのだ。

そのときだった。

いつのまにか、海からあがってぼくのうしろにいたヨウコが、ガブッとぼくの右足のふくらはぎにかみついた。それは血がでるほどじゃなかったけど、すごく痛かった。

あまりにとつぜんのことだったので、ぼくは一瞬泣きやんだ。そして、そっとふり返ると、ヨウコが今度は、すごい勢いで吠えはじめたのだ。

ぼくは、とっさに逃げようと前につんのめった。つんのめって、そのまま、海に落ちてしまった。

「ウワァァー」

ぼくは足がつくくせに、おぼれていた。そして、おぼれているぼくのそばにいたのは、ヨウコだった。

ヨウコはぼくのそばで、みごとな犬かきをして泳いでいた。ぼくはなんとかしてヨウコにつかまろうとした。だけど、ヨウコはそんなぼくなどおかまいなしで、少しずつ少しずつぼくからはなれてしまう。ぼくは、あわてて追いかけた。それも、ヨウコとおなじ犬かきで。

「おーっ、真治、うまいぞっ！　そのちょうしだ！」

父さんの楽しそうな声援がとんでいた。だけど、泳いだことのないぼくからすれば、生きるか死ぬかのせとぎわなのだ。父さんのとんちんかんな声援は、ちっともうれしくなかった。

ぼくとヨウコの追いかけっこはつづいた。ぼくは手だけを使って、顔をあげて水をかきつづけた。

そうしてやっと岸についたとき、ぼくはもうヘロヘロだった。

「すごいじゃないかぁ、真治。犬かきは完璧だな」

父さんがそういったのがきこえた瞬間、ぼくは火がついたように泣きだした。岸について、安心したのだと思う。ぼくはからだをぷるぷるふるわせて、水てきをとばしているヨウコのせなかにだきついて泣いた。

そしてその日は、二度と海にはいらず、ぼくはヨウコのせなかにしがみついて、はなれようとしなかったらしい……。

そう、どうしてこんなにくわしく覚えているかというと、父さんがビールを飲んだときなんかに、かならずこの話をするからだ。

おまえは母さんに、泳ぎを教えてもらったんだって……。

そのときのことは、自分でもぼんやりとは覚えている。だけど、くわしいことはみんな父さんからきいた話で、勝手に覚えてるつもりになってるだけのような気もする。だってもう、何十回もきいてるから。

ぼくは、その日の話をする父さんが好きだ。

ほほえましい家族の、ある夏の日の思い出。いい話じゃないか。ゆかいな話じゃないか。

ぼくは、いつもこの話を大事に胸の中にしまっている。すごく幸せな気分にさせてくれるから。

自分がなかよしな家族の中で育ったこどもだって、信じられるから。

# 5

ヨウコが自分の本物の母さんじゃないってちゃんと気づいたのは、ぼくが五歳のときのことだ。

あずけられていた保育園でのお絵かきの時間のことだった。

「さあ、きょうはおうちのひとの絵をかきましょうね。お父さんやお母さん、お兄ちゃんや妹みんなが、なかよくしてる絵をかいてね」

「はーい！」

みんなは元気よく返事をすると、ももこ先生のいうとおり、自分の家族を画用紙にかきはじめた。

ぼくはそのとき、あたりまえのように父さんとヨウコとぼくがならんでいる絵をかいていた。茶色のクレヨンでヨウコの毛並みをぬっていた。

「あら、真ちゃん」

すると、ももこ先生がぼくのそばにしゃがんでいった。

「このわんちゃんは、真ちゃんちの大事な家族だと思うけど、きょうはペットじゃなくて、おうちのひとをかこうね。そう……真ちゃんはお父さんの絵をかこうよ。お父さんと真ちゃんがなかよくおててをつないでいる絵がいいんじゃないかな」

だけどぼくは、茶色のクレヨンをにぎりしめていった。

「だって、ヨウコは……ぼくの、母さん……」

ぼくがぼそぼそと小さい声でいったときだった。

「おまえ、ばっかじゃねーの！」

その会話をきいていた、おなじ机のこうちゃんがすかさずいったのだ。

「犬がお母さんなわけねぇじゃん」

ショックだった。こんなにはっきり否定されたのは、はじめてだったから。

「でも、うちのママはビッツのこと、うちの末っ子だっていってるよ」

そういってくれたのは、ぼくのとなりにいたまりこちゃんだった。

「ビッツはまりこの妹だからなかよくしなさいっていうよ」

すると、こうちゃんは立ちあがって、まりこちゃんにクレヨンを投げつけた。

「バーカ！　ビッツはおまえのママが産んだわけじゃねぇじゃん。だから妹なわけねーじゃん！」

クレヨンを投げつけられたまりこちゃんは泣きだして、それでもこういってくれた。

「そんなことないもん……。ママはビッツはうちの子だって、すごくかわいがってるもん。あたしだって、お姉ちゃんらしく、遊んであげたり、いっしょにお散歩したりしてるもん……」

そこで、先生が大きな声でいった。

「こうちゃん！　クレヨンは投げるものじゃありませんよ！」

だけど、こうちゃんはちっとも反省しないでいった。

「うるせーな、くそばばぁ！　こいつらがバカなのがいけないんじゃねぇかよ。オレが悪いのかよ！」

こうなったら、もう、あとはおしおきが待っているだけだ。いつもきたない言葉をいったり、ひとを蹴ったり、物をたたいたりするこうちゃんは、ももこ先生にだきかかえられて、部屋の外につれていかれた。

まりこちゃんは、そのあともずっと泣いていた。涙をセーターでふきながら、いつまでも泣いていた。

ぼくといえば、もうこれ以上お絵かきする気になれなくて、茶色いクレヨンをにぎりしめているばかりだった。おしおきされたこうちゃんが静かになってもどってきても、歯をくいしばっているばかりだった。

「ほら、真ちゃん、このままでいいわよ」

ももこ先生にやさしくいわれても、ぼくはもう、なにもできなかった。

「このわんちゃんは真ちゃんにとって大事な家族だもんね」

そう、ぼくはあのころ、すでにうすうすわかっていたのだ。

「まりこちゃんもビッツをいっしょにかいてね」

ヨウコが本物の母さんじゃないってことに、気づいていたのだ。それをこうちゃんにいわれて、やっと、本当にわかったのだ。

サンタクロースなんて本当はいないってきいたときみたいに、ちゃんとわかったのだ。

それからだ。

ぼくの本当の母さんはだれなんだろう、どこにいるんだろうって考えるようになったのは。

じつは三年生のとき、良子おばさんに「本当のお母さんのこと知りたい？」ってきかれたことがある。

そのとき、ぼくは首を横にふった。

へたなことを知って、いまのゆかいなくらしがこわれるなんて絶対にイヤだったから。

うちの家族は、夏休みは毎年、ワゴン車をレンタルして、みんなでドライブ旅行をする。

海や山、川辺でキャンプをしたこともある。みんなで天然の露天風呂にはいったことだってある。

元旦の早朝には、「けやきの森公園」に初日の出を見にでかける。そしてそのまま駅のちかくの神社に初詣でにいって、屋台のたこやきを食べるのが、おきまりになっている。

春がちかづくと、千草台公園にある一本きりの梅の木の下でお花見をする。

「あんなにきれいなのに、花が咲いたよろこびを、おれたちが祝ってやらなくてどうするんだ！」

そんな父さんの言葉に、ぼくとヨウコはよろこんでつきあう。

まだ冬としかいいようがない肌寒い季節に、その梅の木の下で厚着をしたぼくたちはふるえながらも、気合いのはいった父さんの手作り弁当を食べる。

ぼくは、そんな家族のくらしをとても気にいっている。いまのままでも、幸せだ。

もちろん、もっと幸せなくらしがあってもかまわないし、期待もしている。

たとえば、もうひとり家族が増えるとか……。それが、ぼくの本物の母さんならばっちりだ。

ぼくはそんな希望を胸に、日々をすごしている。

# 6

「なぁ、おまえのおやじって、ふつうじゃないんだってな」

それは、そうじの時間のことだった。ぼくにそうささやいたのは、クラスメイトの東山だった。

東山は細い目をさらに細めて、いやらしくわらっていた。口の中に苦いものがこみあげてくる。だけどぼくは平気な顔をして、

「べつに、ふつうだよ」

とこたえた。

「ふうん、ふつうなんだ」

「ふつうだよ」

ぼくは東山にかまわず、床をほうきではいていた。本当は心臓が異常にはねていて、くるしかった。

「だって、うちの親がいってたぜ。宮田くんってたいへんねぇって」

東山は、わざとほかのやつらにもきこえるようにでかい声をだしていた。ぼくに話してるというより、みんなの前で発言するときみたいな声だ。

「お母さんがいないうえに、お父さんまでここが病気でってさー」

東山は「ここ」というときに、指でぼくの頭をさしていた。さわがしかったクラスが一瞬、静かになった。

とたんにとなりのクラスやろうかの声がよく響く。

「松島！　きょうの練習四時からだからな！」

「待てよ、おまえカバン忘れてるじゃん」

「じゃあねぇ、バイバーイ」

そのとき、クラスのみんなは、なにもいわなかった。どう反応していいかわからなかったのだろう。みんな、東山といっしょになってさわぐほど、バカじゃない。かといって、そんなぼくをかばうほど、親切でもない。

ぼくはだまって、東山を無視してそうじをつづけていた。

だけど、バカな東山だけが、おかしそうにわらってる。わらって、

「宮田って、ほんと、たいへんなやつだよなぁ」

とさけびながら、教室をでていく。

そのときぼくは、時間が早くすぎてくれることを祈った。少しずつ、教室がいつものそうじの時間にもどる。女子がおしゃべりをはじめる。男子がほうきをふりまわしてさわぎだす。少しずつ、にぎやかになってゆく。東山の発表をきく前に、もどってゆく。

だけど、ぼくの時計はもどらない。ぼくの胸には、いやなものがずしんとのこったままだ。

東山は前から、いやなやつだった。

いやなやつだけど、クラスに子分みたいなともだちを何人か持っていた。そいつらはみんな、みごとに東山のいいなりだった。どうしてあんなやつのいいなりになっているのか、ぼくにはさっぱりわからなかった。

こづかいが異常に多いとはきいてるけど、子分になってるやつらはそんなのにつられているのだろうか。

そういえば、東山が一時期、ぼくとなかよくなろうとしてきたときがあった。あのとき東山は、やたらにぼくに親切で、マンガやゲームのソフトをくれようとしたり、家でいっしょに格闘技のビデオを見ようとさそってきたりした。

だけど、ぼくはそれをぜんぶことわった。なんか気持ちが悪かったし、東山となかよくなりたいって全然思わなかったから。

そのとき、東山がいった。

「いいよな宮田んちって。昼間、だれもいないんだろ。うちのババァも働かないかなぁ。親がいなかったら、酒飲んだり、タバコすったり自由だろ?」

ぼくはその言葉をきいて、なるほどと思った。

ぼくを子分にしたい理由は、親のいない家がほしかったからなのだ。

だから、ぼくとなかよくなりたかったのだ。

ぼくは、ますますおことわりだと思った。

とことんことわられてさすがにあきらめたのか、最近、東山がぼくにちかよってくることはなかった。

ところが、これだ。

「なぁ、おまえのおやじって、ふつうじゃないんだってな」

東山の親がどこからききつけたのかわからないけど、東山は、父さんがヨウコを自分の奥さんだと思ってることを知ったのだろう。

父さんはヨウコが「自分の奥さん」だってことを、散歩してるときだけはかくさないから。

つい最近、川原でヨウコを散歩させてるときもそうだった。

父さんとヨウコがじゃれてるのを見て、

「仲がいいのねぇ」

とおなじように犬をつれたおばさんが声をかけてきた。すると父さんは、

「ヨウコはぼくの奥さんなんですよ」

とこたえたのだ。

ぼくは父さんのとなりで、ものすごくヒヤヒヤした。

だけど運がよかった。というより犬をつれてるひとはたいていそうなのだけど、そのおばさんはにっこりわらってうなずくと、

「この子は、うちのひとりむすめなのよぉ、ねぇ、リリーちゃん」

と返してくれたのだ。

犬を飼っているひとはたいてい、その犬を自分の家族の一員としてあつかうので、父さんのいったことをへんなふうにとるひとは、案外少ないのだ。散歩の途中ですれちがうときに、

「あら、テリィちゃん、きょうはパパとお散歩なんだ。よかったねぇ」

「ラッキーのお母さん、こんにちは」

なんてあいさつもめずらしくない。

だけど、父さんが自信満々で「奥さんですから」なんてこたえているところを見ると、ぼくはいつもヒヤヒヤしてしまう。

だって、みんながみんな、父さんのそういう言葉をきいて、単に「飼ってる犬を奥さんのようにかわいがってるひと」として見てくれるとはかぎらない。

「奥さんがいなくて、さびしいひとなのねぇ」とか、「奥さんだなんて、ちょっとおかしいわよねぇ」って思うひとだっているはずだ。

父さんは「仲がいいのねぇ」っていわれると「いやぁ、おはずかしい」なんて照れてみせる。「かわいいお顔してるのねぇ」っていわれると「いやぁ、そうでもないですよ」って謙遜している。たぶん、ぼく以外のだれかにも「夫婦」だってみとめてほしくてそういっ

てるのだろう。

ペット好きなひとはみんな、ペットを自分のこどものようにいうから、奥さんなんですっていっても、だいじょうぶだって思っているのだ。

そこが、父さんのあまいところだし、ずるいところだ。本気でヨウコを自分の奥さんだと思いこんでいることがほかのひとにばれたら、たいへんなことになることを、父さんはわかっているのだろうか……。

とにかく、東山がうちの父さんが「飼い犬を自分の奥さん」ということにしていることを知ってしまったことは確かだ。

ぼくは、今後のことを考えると、イライラして、めちゃめちゃに床をはきだした。

綿ぼこりがあちこちにちらばるばかりで、ちっともきれいにならない床は、ぼくの頭の中みたいだった。

# 7

案の定、その日以来、東山は父さんのことをネタに、ぼくにちょっかいをだしてくるようになった。予想どおりだった。

ぼくが休み時間にぼんやりしていると、

「おい宮田、吠えてもいいんだぞ。がまんすることないんだぞ」

といって、ぼくのかわりにワンワンと吠えてみせたりするのだ。

またあるときは、

「きのう、百円ショップで、おまえのきょうだい見つけたんだ。ほら、やるよ」

といって、犬のキーホルダーを投げてきたりもした。

もちろんぼくは、なにをされても無視した。

おこって、どなったりしたら、相手の思うつぼだ。こういうときは、だまってきこえないフリをしてればいいのだ。良子おばさんの前で、なにもわからないこどもの役をするみたいに、耳のきこえないひとのフリをすればいいのだ。

そんなある朝のことだった。

マフラーをはずしながら、教室にはいると、うしろから東山がぼくのお尻をパンとたたいた。

「おっ、おまえ、しっぽがでてるぞ。早くかくさなきゃ」

ぼくはいつものように無視して、自分の席についた。だけど、東山はしつこい。

「ほら、ヤバイって。早くかくせよ」

ぼくのそばにきて、声をひそめる。

「ほら、みんなにじつは母ちゃんが犬だってことがばれちゃうぜ。そしたら、まずいでしょ」

ぼくは、東山なんかいないみたいに無視して、かばんから教科書をだしていた。

「イテッ」

そのときとつぜん、東山の様子が変わった。ぼくははじめて、まともに東山を見あげた。東山のうしろには、三浦花子が立っていた。東山より背がでかい三浦が、東山の両耳をつかんで顔を持ちあげている。

「イテー、やめろよ！」

ぼくは東山のなさけなくゆがんだ顔を見て、おもわずふきだしてしまった。

「あっ、ごっめーん」

三浦は、パッと東山の耳をはなした。

「なんだ、東山だったのか」

三浦は、東山の顔をしみじみとのぞきこんでいる。

「教室に宇宙人まぎれてるなーって思ってさぁ。あんた、また耳だけ成長してるよ。背はちっとものびないのにねぇ」

それをきいた女子のグループが、ワーっと手をたたいてわらいだす。

東山は顔をまっ赤にさせて、すたすたと自分の席にもどっていく。三浦は、東山が席にもどるのを見とどけると、バーカとつぶやいて、自分の席にもどっていった。

教室が、いつもの朝の様子にもどる。おしゃべりな女子が、興奮してきのうのテレビの話をしている。格闘技の技をかけあってた男子が「オリャー」とさけんで、気合いをいれなおしている。

ぼくは、なんだかなさけなかった。これじゃあまるで、ぼくが三浦に助けられたみたいだ。助けてくれなんて、だれもたのんでない。ぼくは、東山にからかわれたって、どうってことない。

その日の給食の時間、配膳台の前でトレーを持ってならんでいるときだった。

ぼくのうしろにならんでいた三浦がいった。

「ヨウコは元気？」

ぼくはうしろをふり向かなかった。ふり向かないまま、

「さあね」

とつめたく返した。

そういい返したとたん「しまった」と思う。三浦にたいしてむかついてる気持ちが、ついポロリとでてしまったのだ。こういうときは「ああ、元気だよ」と、さりげなくかわせばいいのだ。なんて、失敗……。

三浦がどんな顔して、ぼくの返事をきいていたのかわからない。

わからないけど、

「わたし、シチュー大盛りね。いっぱいだよ、いっぱい」

なんて、給食当番にいってるところをみると、ぼくのつめたい返事なんて、ちっとも

気にならなかったのだろう。

ぼくはほっとして、それから、少しなさけない気分になってしまった。

つい、本音がでてしまうなんて、ぼくもまだまだあまい。

ぼくは、自分の失敗をとりかえすみたいに、給食をもぐもぐとごうかいにたいらげた。


その夜、自転車でコンビニに買い物にいった帰りのことだった。シャーペンの芯を買いにいったのだけど、すごく寒くて、おなかもすいていたので、ぼくは肉まんもいっしょに買って、それを食べながら自転車にのっていた。

家が見えてきたときだった。

家を囲んでいるフェンスごしに、男がそっとぼくのうちをのぞいているのが見えた。

そして、そのせなかには見覚えがあった。

ぼくはあきれて、

「うちになんか用事ですか？」

と声をかけた。すると、その男はふり向いて自分の顔の前で人差し指を立てて、しーっとささやく。

「父さん、こんなとこでなにやってんの」

ぼくはあきれているので、父さんのいうことがきけない。

「ほら、静かに」

だけど、父さんは小声でぼくをたしなめてから、庭のほうを指さす。

「今夜のヨウコはきげんがいいんだよ」

ぼくは、ああそうか……とやっと理解した。そういえばさっきから、ヨウコが遠吠えしている。庭をのぞくと、ヨウコはとても正しいお座りの姿勢で、あごをきゅっとあげて、空に向かって吠えている。

「満月が好きなんだ」

たしかに、空にはきれいな満月がうかんでいる。ぼくはふうんとうなずきながら、ヨウコを見た。父さんとならんで、ちょっと遠くからヨウコをながめる。ヨウコはそんなぼくらにちっとも気がつかないで、吠えつづけている。

ぼくや父さんとはちがうからだを持ったヨウコ。

ぼくや父さんにはできない遠吠えをするヨウコ。

人間じゃない、人間にはなれない、ヨウコ。

だから、なんなんだって思う。

問題なんて、まったくない。

「ほら、いまのは、真治が健康な少年で、うれしいよぉーっていってたんだぞ」

父さんがヨウコの遠吠えを通訳してくれる。

「あっ、いまのは、わたしは夫の祐治が世界で一番好きですぅってさ」

「よくいうよ」

ぼくは、からだをガクッとさせる。

「あっ、きょうはペディグリーチャムのビーフが食べたいよぉだって、色気がないなぁ」

父さんは幸せそうに、ヨウコを見ている。ちっともあきずに、ながめている。

満月が「これでいいのだ」といってるみたいに、ぼくらをこうこうと照らしていた。

# 8

ヨウコがいなくなったのは、それから三日後のことだった。

「真治、真治、起きろっ。おいっ、たいへんなんだ」

その日の朝、ぼくは父さんのあわてた声で起こされた。

「はいはい……」

ぼくはてきとうな返事をして、さらにふとんを深くかぶった。

父さんのたいへんだ！　は、たいていちっともたいへんじゃないのだ。

「たいへんだ！　生ゴミをだすのは、きのうだった！」とか「たいへんだ！　たまごがないから、朝ごはんのスクランブルエッグが作れない！」とか。

そうやって、まだぐっすり眠っているぼくのじゃまをするのだ。ぼくは、ふとんをぎゅっとにぎって、父さんにはがされないように力をいれた。

だけど、父さんが声をひっくり返していった。

「ヨウコがいないんだ」

さすがに、ぼくはバッと起きあがった。

「本当なの？　ちゃんとさがしたの？」

「さがしたけど、庭にも、小屋の中にも、どこにもいないんだ。それに、玄関の門もあいてて……」

父さんは、ぼくがいままで見たことがないような青ざめた顔をしていた。

「家の中は？」

ぼくはきのうの夜、少し雨が降っていたことを思いだした。

「父さん、きのうはヨウコを家の中にいれなかったの？」

ヨウコは家の中がきらいなので、ふだんは庭にいるのだけど、雨や雪がひどいときは、さすがにすなおに家の中にはいってくるのだ。

「あのていどの雨じゃ、ヨウコは家にはいってくれないよ……」

父さんはしょんぼりしていった。それに、ヨウコが家の中にいれば、父さんは決まってヨウコのとなりにふとんをしいて寝るのだ。いなくなったり、できない。

玄関の門があいてたって、ヨウコが勝手にでてくことなんていままでいちどもなかった。でも、それは、いままでの話だ。玄関の門があいてたってことは、逃げちゃったってこともあるのだ。

考えてみれば、ヨウコはもう老犬といってもいい年齢だ。犬もボケるってきいたことがある。

そういえば……。

最近、散歩の帰りに、ヨウコがうちを通りすぎてしまうことがたびたびあった。

いつも散歩のあとは、早く水が飲みたくて、ぼくがリードをはなしたって、ヨウコは勝手に庭にとびこむのに、まるで自分の家だって気がつかないみたいに、すっと通りすぎようとしてしまうことがあった……。

すると、勝手に散歩にでて、帰ってこれなくなっているってこともありえる……。

そう考えたとたん、せなかがぞくっとした。

「散歩……」

父さんがポロッとつぶやく。

「ヨウコ、ひとりで散歩にでかけたんじゃないか？　雨あがりの朝があんまり気持ちよくて、川原で走りまわっているとか……」

そうならいいなって思った。ヨウコが勝手に散歩にでかけるなんて、いままでいちどもなかったけど、川原で楽しんでるほうが、まいごになってしまっているよりましだ。

「いってみよう!」

父さんがバタバタと走って、ぼくの部屋をでていく。

ぼくもあわててベッドからとびだした。真冬の雨あがりの朝は、ものすごく寒い。いくら気持ちよくても、こんな朝に勝手に散歩にでかけたくなったりするだろうか。ぼくはがくがくふるえながら、それでもあわてて着がえをすませると、もうとっくに家をとびだしている父さんのあとを追った。

途中、大通りにでたところで、走るスピードをゆるめる。自動車にひかれたっていうことだってあるんだと思いついたのだ。そういう事故って、めずらしくない。ぼくはおそるおそる車道や歩道に、ヨウコがたおれていないかどうかをたしかめながら走った。茶色い毛並みの犬がたおれていたりしないよう、祈りながら、いつもの散歩コースを走った。

# 9

川原が見えてきても、ヨウコのたおれた姿はなくて、ちょっとほっとしながらぼくはさらに川のちかくまですすんだ。

「ヨーコォー！　ヨーコォー！　ヨーコォー！」

いよいよ川原がちかづいてくると、父さんの声がこだまみたいに響いていた。川ぞいの道は、もう会社や学校にいくひとたちが歩いている。

ぼくはスピードをあげて走りだした。

「ヨーコォー！　ヨーコォー！　ヨーコォー！」

父さんは、川岸にある背の高いススキをバサバサとかきわけて、ヨウコをさがしていた。ぼくは父さんのその姿を見て、ドキンとした。父さんはなんと、パジャマのまんまでここまできてしまったのだ。この寒いのにコートも着てないし、なんと靴もはいていない。髪も寝ぐせでボサボサだし、めちゃめちゃな音をだしてるハーモニカみたいな声で、ヨウコを呼んでいる。

「なにあのオヤジ、ヤッベェー」

ぼくのわきを女子高生がわらって通りすぎてゆく。みんな見ている。

みんなが、父さんを見ちゃいけないものをこっそり見るような顔をして見ている。

「父さん！」

ぼくはそんな父さんのそばにかけよった。

「おお真治、ヨウコ、見つかったか？」

ぼくはだまって首を横にふった。

「ここにもいないんだ……」

父さんは、ヨウコをさがすのに夢中だった。いま、自分がほかのひとにどう見られてるかなんて、ちっとも気にしてないのだ。父さんの頭の中にはヨウコしかいないのだ。

ぼくはとりあえず父さんを家につれもどしたかった。父さんがみんなにあんな顔で見られるなんて、がまんできない。だけどどうしたら父さんが家にもどってくれるか、ちっとも思いつかない。

「あっ！」

父さんがとつぜんさけんだ。

「もしかして、川でおぼれてるってことは……」

父さんが川のほうに走りだそうとする。ぼくはあわてて父さんのうでをつかんだ。

「無理だよ。父さん、はだしじゃあぶないよ」

「うるさい！　そんなの関係ない！　ヨウコがおぼれてるかもしれないんだぞ！」

「ねぇ、とにかくいちどもどろうよ。ほら、もう会社にいく時間だしさ」

「会社？」

父さんがキッとなってぼくをにらむ。それはすごくこわい顔だった。

「ヨウコが見つからないのに、会社なんていくわけないだろ！」

こんなこわい顔した父さんを見るのは、はじめてだった。いつもにこにことやさしい父さんが、こんなこわい顔をするなんて、ショックだった。

「でも、ほら、もしかしてヨウコ、帰ってきてるかもしれないし」

ぼくはほとんど泣きそうだった。なんかすごくかなしいような、くやしいような気持ちだった。

「もどってきてる……」

「そうだよ、きっとおなかすいて帰ってきてるよ。ヨウコ、くいしんぼうだもん……」

泣くのをがまんしてるぼくの声は、音のはずれたリコーダーみたいだった。

「おなかすいて……」

父さんがしばらく考えこむ。ぼくは父さんが川にはいってしまわないように、必死でうでにしがみついていた。

「そうだな。そうだよな、ヨウコはくいしんぼうだからな」

父さんがぼくを見て大きくうなずいた。

「家にもどってみよう!」

その言葉で、ぼくはひざの力がぬけそうになるほどほっとした。そして、家のほうにかけだした父さんのうでにしっかりしがみついて、いっしょに走りだした。帰る途中も、すれちがうひとたちがパジャマ姿の父さんをへんな目で見ていた。だけどぼくは、父さんのうでを絶対に、はなさなかった。

すごくくるしい気持ちだった。父さんの様子は、ぼくにものすごくたいへんなことが起こったのだと教えていた。ヨウコがいなくなったのは、もちろんぼくだってショックだ。だけど、父さんは、まるでべつのひとみたいだった。東山がいうような、頭のおかしいひとみたいに見える。もしこのまま、ヨウコがいなくなったら、父さんは本当に……。

ぼくは頭をふった。だいじょうぶ。きっといる。家に帰ったら、ヨウコは庭でたいくつそうに寝そべっている。ぼくはそう願いながら、父さんといっしょに走っていた。

だけど家に帰って庭を見ても、ヨウコはいなかった。小屋や縁の下など、どこをどうさがしても、見つからない。

「いないな、どこにいっちゃったんだろうな……」

父さんはすごくがっかりしていた。がっかりしていたけど、意外に落ち着いていた。それから、寒いなといって、家の中からカーディガンを持ってきてはおっている。そして、庭にもどってきたときには、ちゃんとサンダルもはいていた。ヨウコの小屋の前でしゃがみこんでいたぼくは、それを見てちょっと安心した。

「真治はもう学校にいく時間だろ？　真治はちゃんと学校にいきなさい。ちゃんといったほうがいい……」

父さんがいった。

「うん」

ぼくはすなおに家にはいった。かばんに教科書やノートをいれる。もう、朝ごはんを食べてる時間はない。だけどぼくが靴をはいていると、父さんがぼくにバナナをわたした。

「歩きながらでいいから、食べなきゃだめだ」

父さんは確実に冷静をとりもどしているように見えた。

「うん、いってきます」

でもぼくの頭には、さっきのこわい顔した父さんがのこっていて、いつものようにはいかない。元気よくできない。バナナを持って、とぼとぼと家をでる。ひどくつかれていた。学校なんかにいく気分じゃなかった。

「真治！」

それでも少し歩きだしたところで、父さんがぼくを呼んだ。

「ちゃんと帰ってこいよ！」

ふりむくと、パジャマにカーディガンをはおった父さんが、家の前で手をふっていた。

「おまえの家は、ここだぞ！」

父さんは、家を指さしている。

「この、壁が茶色くて、フェンスがさびていて、門をあけるとこういう音がする家だぞ！」

父さんが門をギコギコとゆらして、その音をだしてみせる。

「知ってる！」

ぼくは父さんにきこえるように、さけんで手をふり返した。そして、すごくがんばってわらってみせた。

「じゃあね、いってきます！」

ぼくは大きく息をすって、元気よく走りだした。くちびるをぎゅっとかんで、学校まで走った。止まったりしたら、へなへなと座りこんでしまいそうだった。からだ全部に力をいれて、ムチをうつみたいに、何度も自分の足をたたいて、走りつづけた。

あまりに、力んだもんだから、学校についたときには、手に持っていたバナナが、ぐにゃりとしていた。

# 10

学校が終わって家にもどると、父さんはいなかった。庭をのぞいてみたけど、ヨウコがもどってきた気配もなかった。父さんが会社にいったとは思えない。きっと朝からずっと、ヨウコをさがしてるにちがいない。ぼくもまた、川原のほうをさがしてみることにした。夕方はいつも川原を散歩するってことを、ヨウコが思いだしているかもしれない。思いだして、ひとりで川原を散歩してるかもしれない。

ぼくはまず広告のうらに目立つように太いペンで手紙を書いた。

父さんへ

ヨウコをさがしてきます。
川原のいつもの散歩コースを見てきます。

真治

そして、この手紙を目立つように、玄関のドアに貼った。これで父さんが家に帰ってきたとき、ぼくまでいなくなったなんて、あわてずにすむ。

ぼくはマフラーを首にぐるぐるまいて、川原に向かった。つめたい空気がピンピンとぼくのほおをさす。はきだす息がすごく白い。息が目の前の景色をじゃまするみたいに、大きくふくらんで顔にかかる。川原に向かっているのに、いつもみたいにぼくをひっぱるヨウコがいない。ヨウコがいないのに、走ってるのは、すごくへんな感じだった。ヨウコがたりない、と思った。

川原について、ヨウコをさがす。父さんみたいに、名前をさけんだりはしなかったけど、いつもはいかないような向こう岸のほうも、橋をわたっていってみたりした。

いくらさがしてもいなくて、犬をつれて散歩しているほかのひとたちを見て、なぜかくやしい気持ちになったり、つれている犬がヨウコだったりしないか、たしかめたりした。だけど、いない。どの犬もヨウコじゃない。ぼくはすれちがういろんな犬を横目で見ながら、いつもの散歩コースをもどっていた。そのコースをひとりで散歩するのは、やっぱりものすごくへんな感じだった。

「あれ、ヨウコは？」

そんなぼくに話しかけてきたのは、三浦だった。三浦はいつものとおりに弟をつれている。きょうはヨウコがいないので、おびえてない。安心しきった顔で、三浦と手をつないでぼくを見あげている。

「ああ、ヨウコ、どっかで見なかった？」

ぼくはなるたけおおげさにならないよう、ぶっきらぼうにきいてみた。

「えっ、いなくなっちゃったのかよ」

「うん、まあ、すぐ帰ってくると思うんだけどね」

三浦のおどろいた様子に、ぼくはますます平気な顔をしてみせた。

「えっ、なに、いつからいないんだよ？　いっしょにさがそうか？」

三浦がすごくマジな顔で、ぼくを見つめる。

「ああ、いいよ、いいよ」

ぼくはあわてて手をひらひらさせた。笑顔もつくってみせる。

「腹すいたら、すぐ帰ってくると思うしさ」

「でもいないから、こうしてさがしてるんだろ？」

三浦がしつこくきいてくる。ぼくはとたんに、いうんじゃなかったと、後悔した。武雄がきょとんとした顔でぼくを見あげている。

「あのさぁ」

ぼくがだまってると、三浦が急に声をあららげた。

「どうしてすなおに、いないから見つけたらよろしくとかいえないんだよ」

なんだか知らないけど、ものすごくおこってるみたいだった。

「バッカじゃん」

ぼくはだまって三浦を見ていた。

「そういうのって、すげぇむかつく」

三浦がぼくをにらんでいる。

「そうやって、ずっといじけてれば?」

三浦はそこまでいうと、ぷいとぼくの前から立ち去った。武雄をひきずるようにつれて、ずんずん歩いていってしまう。

のこされたぼくは、ただぼんやりするばかりだった。なんで、三浦にそんなことといわれなきゃいけないのかさっぱりわからない。だいたい、いったいぼくのどこがいじけてるんだ。わからなさすぎて、腹もたたない。

ぼくはこのあいだ、教室で男子のひとりがいっていた言葉をつぶやいてみた。

「だからいやなんだ、女って……」

ぼくはなんだかすっかりつかれてしまった。ヨウコは勝手にいなくなるし、三浦はどなりちらすし、つくづく、だからいやなんだ女って……という気分だった。

そのあとはもう、ヨウコをさがしまわる気分にはなれなくて、ぼくはとぼとぼと家に帰った。

## 11

家にもどると、父さんが帰っていた。縁側に座ったそのうしろ姿は、ヨウコが見つからないといっていた。

「父さん？」

ぼくが声をかけると、父さんはふり向きもしないでいった。

「どこにもいないんだ。保健所にもいなかったし、さっき、横溝台の公園のほうまでいってみたんだけど、いないんだ……」

力のない声が、薄暗い茶の間にさびしく響く。ぼくは部屋の電気をつけて、父さんのそばにちかよった。

「そんなとこにいたら、風邪ひくからさ。とりあえず、部屋にはいろうよ」

ぼくがそういっても、父さんは弱々しく首をふるだけで、そこをうごこうとしなかった。

「ヨウコはなんでいなくなったんだろう……」

ぼくは返事ができない。

「父さんのことがいやになったのかなぁ」

父さんはひざをかかえて、小さくせなかをまるめていた。

「でも、父さんはいつもヨウコのことを考えてきたよ。ヨウコが気持ちよくくらせるように、気を配ってきたつもりだよ」

父さんの声がふるえている。

「父さんは一生懸命に愛したよ。いつもヨウコの幸せを考えてきたよ」

まるで自分にいいきかせるみたいに、ゆっくりとつげる。

「でも、本当は父さんなんか、キライだったのかなぁ。だから、父さんを置いていなくなってしまったのかなぁ」

「そうかもね」

自分でいって、びっくりした。父さんもふり向いて、びっくりした顔でぼくを見あげている。

「きっと、そうだよ」

でも、もう止まらなかった。がまんの限界だった。心の奥に押しこんでいた本音が爆発する。

本当の母さんはだれなのか、死んでしまったのか、どこか遠くにいるのか、どうしてぼくや父さんといっしょにいないのか……。

「ヨウコは、父さんの奥さんでいるのが、イヤになったんだよ」

爆発したわりに、ぼくの口調は静かだった。

どうしてうちはふつうの家族じゃないんだろう。ぼくはなんてかわいそうなこどもなんだろう。そしてときどき、ちがう家で生まれるところからやりなおせないのかなぁなんて思ってしまうこと……。

頭の中をそんな本音がかけめぐる。

「ぼくの母さんでいるのも、イヤになったんだよ」

父さんは、ぼくを見つめてあぜんとしている。

ぼくだって、びっくりだ。いったいどうしてしまったのだろう。ヨウコがいなくなったショックで、頭がへんになってしまったとしか思えない。

「だって、ヨウコは犬だもの」

ずっと押し殺していた気持ちが、なめらかに口から流れてでていく。

「犬なのに、父さんの奥さんだったり、ぼくの母さんだったりするのが、イヤになったんだ」

頭の中でサイレンが鳴っている。からだが故障しているとつげている。

「だから、いなくなったんだ」

故障したぼくが、父さんにつげる。

「だから逃げたんだ」

もういい加減、わかってくれないかなぁ。もうぼくは、父さんにつきあえるほど、こどもでもなければ、おとなでもないんだ……。

故障したぼくが、心の中でつぶやいている。

「真治」

だけど、そんなぼくを見て、父さんはふわっとわらっていった。

「そんなわけないじゃないか」

そんな父さんの瞳から、涙がポロポロ落ちる。

「ヨウコが、父さんやおまえから、逃げたいなんて思うわけないじゃないか」

言葉に反して、父さんの涙はあふれつづけるばかりだった。

「こんなに、大事にしてきたんだ。イヤになんてなるわけないよ」

ぼくは、はじめて見る父さんの涙で、やっと冷静になる。故障したからだが急に復旧して、ぼくをまともに、ふだんの自分にもどしてくれる。

「ヨウコが、父さんや真治といっしょにいたくないなんて、思うわけないだろ」

ぼくはへなへなとその場に座りこんだ。

ヤバイ……。

父さんが泣いている。泣いて、ヨウコがぼくの母さんだと説得している。

父さんにはぼくしかいないのに。父さんは、たったひとりのぼくの大事な父親なのに……。

それからぼくと父さんは、ずっと、置物の人形みたいにうごかなかった。

ヨウコがいなくなったショックでうごけない父さんと、父さんの前でつい本音を見せてしまったぼくは、その場に座りこんでいた。縁側に座りつづける父さんのせいで、窓がしめられないのに、寒いとも感じない。食欲もわかない。

その夜、ぼくと父さんはずっと、その場で落ちこんでいた。

ようやくうごきだせたのは、ぼくが先だった。寒さでせなかがぞくぞくして、これじゃふたりとも凍死してしまうと思った。

ぼくは物置から寝袋をだしてきて、それを父さんの横に置いた。そして自分は部屋にもどると、ふとんにもぐって目をとじた。しばらくするとごそごそと音がした。父さんはその寝袋にはいって、おもてでヨウコを待つ覚悟をしたようだった。

少し安心して、目をとじる。なのに、ちっとも眠くならない。

自分のしでかした失敗が、くやしくてしかたなかった。

このままじゃ、こわれてしまう。父さんとヨウコとぼくのなかよしな家族の生活が、こわれてしまう。

あとは、ヨウコだけが、たのみのつなだった。

神様、神様、どうかヨウコをぼくらのもとにもどしてください。

そしたら、ぼくはなんでもします。塾にいってもいいし、あのイヤな東山となかよくなったっていいし、明日はだかでプールで泳いでもいいです。とにかくなんでもしますから、どうかヨウコをぼくらのもとに、返してください。一生のお願いです。どうか、ヨウコを返してください。見つけてください。

ふとんにくるまったぼくにできることは、いるんだかいないんだかわからない神様にたよるだけだった。

そんなふうに祈りをささげているうちに、ぼくもどうやら眠りについたらしかった。

# 12

そんなぼくの祈りを無視して、ヨウコはつぎの朝になっても、帰ってこなかった。父さんはもちろん会社を休んで、ヨウコをさがしまわっていた。

だけど、見つからない。帰ってもこない。ペットレスキューというまいごのペットをさがしてくれるところにたのんで、ヨウコをさがしてもらう手つづきもした。料金はものすごく高かったけど、ペット探偵のお兄さんはとても親切で、落ちこんでる父さんをはげましてくれたし、自分たちでさがす方法やポスターの作りかたなんかもアドバイスしてくれた。

だけどヨウコは、なかなか見つからなかった。

そして、ヨウコがいなくなって四日後の夕方。なんて悪いタイミングなんだろう。とつぜん、良子おばさんがやってきた。そして父さんが家にいるのを見て、すごくおどろいていった。

「あら、どうしたの？　具合でも悪いの？」

確かに、父さんはすっかりやつれていた。ごはんもあまり食べないし、ヒゲもそってない。髪もボサボサだし、部屋はちらかり放題だし、ゴミもたまっている。

しかも、こたつの上にはヨウコの写真つきのポスターがひろがっていた。

「この犬を見つけたら、連絡してください？」

おばさんが、ポスターに書いてある大きな文字の部分だけを読む。

「ヨウコ、いなくなっちゃったの？」

おばさんは父さんを見おろして、すっとんきょうな声をだした。だけど、父さんはだまってうつむいたままだ。

おばさんは大きくため息をついた。そして、顔をおこったときみたいにきつくすると、

「あなた、それでまさか、会社にいってないんじゃないでしょうね」

と強い声でいった。

それでも父さんは、ただうつむくばかり。おばさんが父さんの前に座って、肩をつかむ。

「まったく、なにやってるのよ」

おばさんの声は、泣いてるみたいにひっくりかえっていた。

「ほら、もういいじゃない……」

おばさんが父さんの顔をのぞきこむ。

「ヨウコさんはいなくなったの。ねっ？　これでわかったでしょ！」

ぼくはおばさんの口をふさぐために、あわててむじゃきなこどもの役になった。

「おばさぁーん！」

ぼくはこれ以上ないくらいあまえた感じで、おばさんにちかよった。

「ねぇ、きょうはどうしたの？　いつも休みの日にしかこないのにさー」

ぼくはうしろから、おばさんにだきついた。さすがに自分でもちょっと気持ちが悪いこどもっぽさだと思った。だけど、きょうはしかたがない。

「ねぇねぇ、きょうはおみやげないのぉ？　ぼく、ケーキが食べたいんだけどなぁ」

そういいながら、父さんの肩からおばさんの手をはずす。おばさんの手は、かんたんに父さんの肩からはずれた。おばさんは、ぼくのあまえんぼうな態度に、

「もう、真ちゃんたら……」

とちょっとわらう。

「エヘヘ」

ぼくも頭をかいてわらってみせる。自分でも、なんて気持ち悪いしぐさだろうと、自分がいやになる。

「あのぉ……」

ふり向くと、玄関のドアから女のひとが顔をのぞかせている。

「あらあら、ごめんなさいね」

おばさんは立ちあがって、その女のひとのほうに走っていく。ぼくもいっしょに立ちあがる。

一瞬、本当の母さん？　って思った。平日にくることがない良子おばさんが、わざわざつれてきたってことは……。

心臓が急にドキドキしはじめる。

その女の人はすごく若く見えた。でも、ぼくの母さんでもちっともおかしくないくらいの、若さだ。背は良子おばさんと変わらないけど、おばさんよりうんとほっそりしている。そして、ちょっと美人。うん、けっこういけてる。派手な化粧をしてるわけでもないのに、ぱっちりとした目をしている。ぼくの目と似ている、かも……。

そのひとがぼくを見て「こんにちは」といってにっこりとわらう。やさしそうな笑顔だ。

「ごめんなさいね、ちょっとたてこんじゃって……」

おばさんが、申し訳なさそうにあやまっている。

「いいえ、いいんですよ」

おばさんにそういいながらも、そのひとは、ぼくから目をはなさない。

にこにこわらってぼくを見ている。親しげにぼくを見ている。

「きみが、真治くん」

そのひとは、気さくな感じでぼくにいった。ぼくはドキドキして返事ができなかった。

すると良子おばさんがあわてて、ぼくを家の外につれだして、玄関のドアをしめた。

「真ちゃん」

ぼくはそのひとを見つめかえしたまま、おばさんの声に耳をかたむける。

「このお姉さんは、こころの、お医者さんなの」

おばさんは、まるで小さなこどもに話すみたいにゆっくりとそういった。

興奮したぼくのからだが、急にさめていくのがわかった。

「真ちゃんが、お父さんのこととかで相談できるひとが必要だと思って、きてもらったのよ」

その女のひとは、そのとおりという感じで大きくうなずいている。

「このひとには、なんでも話していいの。ひとにいえないこととか、悩みごととか、心配なこととか、なんでもいいの」

ちょっとふらつくくらいに、からだの力がぬける。

「どんな小さなことでもいいのよ」

そのひとは、ぼくの変化に気づかずに、ずっとにこにこしていた。

「いいシャツ着てる」

ぼくはあからさまにふきげんになっていた。期待なんかして、すごく損したような気持ちだった。

「きょうはね。ちょっと真治くんと話してみたいなって思ってきただけなの」

だけど、そのひとはにこにこしたままでいう。

「わたしにはなんでも話してくれていいの。絶対に力になる!」

そのひとは「絶対に」を強く発音した。

「もちろん、話したくないことは、話さなくてもいいし」

ぼくは、不満そうにおばさんのほうを見た。おばさんが、そのとおりって感じで大きくうなずいている。

がっかりだった。本気でがっかり。

そのあともおばさんとそのお姉さんはなにかいっていたけど、ぼくはぼんやりするばかりだった。

# 13

そうしておばさんのそのお話を、てきとうにきき流していたときだった。

とつぜん、バタンと玄関のドアがあいた。と同時に父さんが、とびだしてくる。

「帰ってください」

父さんは、ぼくのうでをつかんで自分のほうにひきよせた。

「真治は、わたさない」

父さんは、そのひとをにらみつけていった。

「なにいってるのよ。なにも、真ちゃんをつれてこうとしてるわけじゃないわよ」

あわてたおばさんが、声をあらげている。

「帰ってください！　真治は、ぼくの息子だ！　どこにもいかせたりしない！」

父さんの怒鳴り声に、たまたま家の前を通りがかったひとが、ちらっと横目でぼくらを見ていた。

「父さん、家にはいろう」

父さんにぎゅっとだきかかえられていたぼくは、父さんを見あげていった。ぼくがひっぱると、父さんはかんたんにうごいた。

「じゃあおばさん、またねー」

ぼくは笑顔をつくって、手までふってみせた。おばさんもその女のひともなにもいわなかった。ぼくは玄関のカギをきちんとしめると、父さんといっしょに部屋にもどった。

父さんはそのままふらふらとこたつにはいって、ぼんやりしているばかりだった。

ぼくもどう声をかけたらいいかわからなくて、いっしょにこたつにはいってヨウコの写真つきのポスターを見つめていた。

どれくらいたったころだろう。父さんがやっと、口を開いた。

「これ、貼ってまわらなきゃな……」

電気をつけていない部屋は薄暗くなっていて、窓の外のほうが道ばたの電灯で明るくなっていた。

「でも、もう暗いよ」

ぼくはぽつりとこたえた。

「でも、夕飯の買い物もしないといけないしな」

父さんが力なくわらったのがわかった。

「ついでに川原のほうも見てくるよ。ヨウコがひとりで散歩してるかもしれないしな」

父さんが立ちあがって電気をつける。

「真治は、宿題でもやってなさい」

いつもみたいな会話だと思った。

ヨウコがいたときみたいな父さんの言葉に、ぼくはものすごくほっとしていた。

「ええーっ！」

ぼくは少し遅れて、いつもみたいにいやがってみせる。

すると父さんが、ぼくの頭をこつんとたたいた。ほっとして、涙がでそうになった。でかける準備をしている父さんに見られないように、ぼくは自分のほおをつねった。父さんの前で泣いてしまったりしないように、何度もつねっていた。

父さんを見送ると、とたんに気がぬけた。そして、なさけないことにぼくは床につっぷして、声をあげて泣きだしてしまった。

ぼくは完全に、くじけていた。

父さんは、確かにへんなやつだ。犬のヨウコを自分の奥さんと思いこみ、ぼくの母親だという。

だけど、それがどうしていけないことなのか、ぼくにはわからない。

それは、確かにおかしなことだけど、だれに迷惑をかけるわけでもないし、警察につかまるような悪いことをしてるわけじゃない。

むしろ、ぼくらはとても楽しくくらしている。

父さんは、他人が見たらへんなやつでも、ぼくにとっては大事な父親だし、ヨウコだって大事な家族で、だからいなくなったらパニックになるのはあたりまえなのだ。

ぼくは、ひさびさに本気で泣いていた。そのせいかしばらく泣くと、ちょっと気がすんだ。

いつまでも、泣いてる場合じゃないと思った。父さんが帰ってくる前に、泣いていたことがばれないように、顔を洗わなきゃと思った。

ぼくは立ちあがって、台所の水道の蛇口をひねった。氷水みたいなつめたい水で顔をじゃぶじゃぶ洗う。顔がじんじんしびれて痛かった。

だけど、ぼくは何度もそのつめたい水で顔をゆすいだ。

つめたい水に、負けるもんかと思った。もう二度と、くじけるもんかと思った。

# 14

ヨウコがいなくなって、十日がたっていた。父さんは会社にいかずに、ずっとヨウコをさがしつづけていた。最初の一週間は、自分が病気ということにして、つぎの週は、ぼくが病気ということにして、会社を休んでいた。

ぼくらはさがすところがなくて、途方にくれていた。もう、ペット探偵のお兄さんと、近所の案内板や電信柱に貼ったヨウコの写真つきのポスターだけが、たよりだった。

ぼくも父さんも、さすがにつかれていた。ぼくは、こっそりあきらめかけてもいた。だって、もう十日だ。

夕方、父さんがヨウコをさがしがてら、買い物にでているときのことだった。家のチャイムが鳴った。ドアをあけると、そこには三浦が立っていた。弟はいない。ひとりだった。

「なに?」

ぼくは、身がまえた。また「すごいむかつく」とか「ずっと、いじけてれば?」なんて文句をいわれるかと思ったのだ。だって、すごくおこったような顔をしていたから。

「はい」

だけど、三浦はぶすっとしたまま、ぼくに紙袋をさしだすだけだった。

「なに？」

ぼくはそれをうけとるための手を、さしだす気分にはならなかった。

「はい」

それでも、三浦はなにもいわずにぼくにその紙袋をつきだす。ぼくはしかたなく、それをうけとった。うけとったはいいけど、あける気にならない。ぼくたちはしばらく、向かいあってそこに立っていた。三浦はぶすっとしたまま、そこにいる。帰らない。

「バレン……」

なにかいいかけて、ごくりとつばをのんでいる。

「バレンタインデーだから！」

今度は、耳をふさぎたくなるような怒鳴り声。ぼくがおどろいて三浦を見ると、今度はかすれたような小声になる。

「チョコレート」

「ああ……」

ぼくはやっと納得した。きょうは二月十四日のバレンタインデーだったのだ。

ぼくだって、きょうがバレンタインデーってことはわかっていたし、きょう一日、教室の雰囲気がそわそわしていたのも感じていた。

だけどぼくには、関係なかった。だれもくれなかったし、だからって、べつにがっかりもしなかった。だいたいそんな気分じゃない。

それに、三浦にバレンタインデーは似あわない。三浦が下級生からチョコレートをもらったとかいうなら、納得するけど……。

そこでぼくは、くちびるをぎゅっとかんだ。そうか、と納得する理由を思いついてしまったのだ。三浦がぼくにチョコレートをくれる理由。

「なんで、くれんの?」

ぼくはその紙袋を地面にたたきつけたい気分になった。

「ヨウコがいなくなって、かわいそうに思うから?」

三浦がはっとした顔で、ぼくを見ている。

「それとも、父さんがおかしなやつだっていわれて、かわいそうに思うから?」

理由はそれしか思いつかなかった。三浦がおどろいた顔のまま、ぼくを見つめかえしている。ぼくは負けずににらみかえした。

「好きだからに決まってんじゃん」

三浦がどなりだす。

「なにを？」

ぼくも負けない。

「宮田のことに決まってるじゃん」

「はっ？」

ぼくには、なんで三浦がぼくを好きなのか、全然理解できなかった。ひとにさんざんむかつくとか、いじけてるとかいっておいて、なにが好きだ、ふざけんなよと思った。

「あぁー、もうヤダ！」

とつぜん、三浦がわめきだす。

「わたしだって、あんたなんか好きになりたくない！　わたしのタイプは、スポーツができるたくましいやつなんだ。なのに宮田って、性格いじけてるし、全然格好よくない」

三浦は目をつりあげて、ぼくの顔を指さした。

「だけど、好きなんだからしょうがないじゃん!」

指が目にあたりそうになって、ぼくは後ずさった。

「なんでかわかんないけど好きなの!」

顔をまっ赤にさせて怒鳴っている三浦を、ぼくはあぜんとして見つめるばかりだった。

「バーカ!」

ぼくはバレンタインデーにチョコレートをうけとりながら、バーカといわれる自分をかわいそうに思った。ついてない、と思った。

だいたい、ふつう、男にチョコをわたすような子は、こういうやつじゃないんだ。こんなふうに怒鳴ったりしないんだ。もっとしおらしく、はずかしそうにするんだ。

「おいおい、こんなところで、なにをさわいでるんだ?」

そこに、ちょうど買い物から帰ってきた父さんがあらわれた。三浦はパッとふり向くと、ふてくされた顔のまま軽く頭をさげていた。

父さんが、きょとんとした顔をして、ぼくらにちかづいてくる。

と同時に、家の中で電話が鳴りだした。とたんに、父さんの顔色が変わる。ぼくと三浦のあいだをかきわけて、どすどすと部屋にはいっていく。

父さんはここのところ、電話が鳴るとべつのひとみたいになった。その電話が「ヨウコを見かけた」というひとからかもしれないからだ。

ぼくは、三浦にろくにあいさつもしないで、家にはいってしまった父さんを見られて、気まずかった。もう、三浦に帰ってほしいと思った。

とりあえずチョコレートのお礼をいってやって、ぼくも家の中に消えよう。そう思って口を開きかけたときだった。

父さんが家の中からとびだしてきていった。

「真治、ヨウコを見たってひとから電話なんだ！　小川町の児童公園をうろうろしてるのを見たっていうんだ！」

「ええっ！」

おどろいた声をあげたのは、ぼくじゃなくて三浦のほうだった。ぼくは三浦をちらっと見た。心の中で、おまえには関係ないだろうといった。

「早くさがしにいこう！　まいごになってるんだよ。やっぱりヨウコはただ、まいごになってただけなんだ！」

するとすかさず、三浦がいった。

「おじさん、わたしもいっしょにいく」

父さんは目をぱちぱちさせて、ぼくと三浦を交互に見ている。ぼくは言葉がなかった。

「みんなでさがせば、そのほうが見つかるじゃん」

だけど、三浦は気にしない。早く早くと、足ぶみしている。そのうち父さんもすっかりその気になって、

「そうだな、うん、きみもよろしくたのむよ」

といった。

ぼくは、がっかりした。なんでこいつがいっしょにさがすんだよぉと、心の中で文句をいった。そして、心の中でしかいえない自分がまた、イヤになった。

# 15

そうしてぼくたち三人は、小川町のほうに走って向かった。家から小川町の児童公園なんて、走れば十分くらいでついてしまうところだ。

「おじさん、ヨウコ、絶対にいるよ」

走りながら、三浦が父さんに声をかける。

「そうだよな。まったくあいつは、本当に方向おんちなんだから」

父さんがうれしそうにうなずく。

「おじさんがそこにいけば、もう、匂いでわかってとんでくるんじゃないのかなぁ」

「そうだな。ヨウコは鼻がすごくきくからな」

ぼくは、ふたりのはずんだ会話をだまってきいていた。いやな気分だった。じゃまされた気分だった。

児童公園についたはいいけど、ヨウコはいなかった。そこは、さがしまわるには小さすぎる公園で、しかたがないので、うけ持ちのエリアを決めて、ひとりずつわかれて公園のまわりをさがすことになった。これもまた、三浦のアイディアだった。

「ヨーコォー！　ヨーコォー！」

父さんは公園についてからずっと、さけびっぱなしだった。ぼくはそんな父さんの姿を三浦に見られて、はずかしかった。だけど、三浦はその姿を見るといっしょになって、さけびだした。

「ヨーコォー！　ヨーコォー！」

おどろいた。三浦は、マジだった。ふざけてる感じじゃなかった。

「ヨーコォー！　ヨーコォー！」

三浦がさけびつづけながら、自分がうけ持つエリアに消えていく。

ぼくはまた、自分がイヤになる。

ぼくにはこんな住宅街のど真ん中で大声をだす勇気はない。なんで、三浦はあんなことができるのだろうか。おもしろがってるのだろうか。ひとごとで、自分とは関係ないから、できるのかもしれない。

ぼくはごちゃごちゃとそんなことを考えながら、それでもヨウコがいそうなところをさがしてみた。電話をくれたひとはいるのだ。ヨウコみたいな犬を見たっていうひとは、いたのだ。

ぼくは大声はだせなかったけど、塀ごしに庭をのぞいたり、腹ばいになってドブの穴をのぞいたり、止まってる自動車の下をチェックしたりした。

だけど、ヨウコはいなかった。

ぼくは父さんがさがしているほうのエリアを見にいってみることにした。

父さんの様子が、心配だった。暗くなりかけてる景色の中で、遠い空の夕焼けが、いろんなものをじわじわと影みたいな色にぬりかえていた。

気持ちがしんとする。

「ヨウコォー！　ヨウコォー！」

遠くで父さんの声がきこえる。ぼくは父さんの声のするほうに走りだした。

「ヨウコォー！　ヨウコォー！」

薄暗くなってる景色の中で、父さんのヨウコを呼ぶ声がこだまみたいに響いている。最後の力をふりしぼって、あたりを照らそうとしている夕焼け空にかなしく響いていて、泣きたい気持ちになる。

ぼくはスピードをあげて、走った。父さんの声を、止めたかった。

庭にみかんの木がある家の角を曲がったところで、やっと遠くにいる父さんを発見する。

だけど、父さんの姿と同時に、ちがうひとの姿も見つけてしまう。ひとつ先にいった曲がり角のところで、腰をひくくして、父さんの様子をのぞいてる姿が三つある。見慣れたそいつらを見て、ぼくは胸をズドンとピストルで撃たれた気分だった。

それは、おなじクラスの東山と、遠藤と大河内だった。ぼくをからかうのが大好きな東山のグループだ。

やつらは、その曲がり角から父さんを見て、わらってるみたいだった。楽しんでるみたいだった。

「父さん！」

ぼくはその場で大声をあげた。

ふり向いたのは、もちろん父さんだけじゃなかった。三人がいっせいにぼくのほうをふり向く。

「やっべぇ、逃げろ！」

東山の小声は、ぼくの耳にしっかりとどいた。そして、バタバタと逃げてく三人のうしろ姿。ぼくはその場で立ちつくしてしまった。

「真治、ヨウコは見つかったか？」

父さんがぼくにかけよってきた。ぼくはうつむいて首を横にふった。

「そうか、こっちもいないんだよ。あっちの野田町のほうもさがしてみるか」

父さんがぼくの肩に手を置いていった。

いつのまにか三浦もぼくらのそばにきていて、

「ねぇ、さっき、東山たち見かけたんだけど、なんであいつら、こんなとこにいるんだろう……」

なんていっている。ぼくは大きく息をすっていった。

「父さん、きっと野田町のほうもいないよ。電話はきっと、いたずらだったんだよ。もう、帰ろう。ね？　もう、帰ろう」

ぼくはそれだけいうのが精いっぱいだった。

三浦が「あいつら……」とつぶやいて舌打ちをしている。

だけど、父さんはフフッとわらっていった。

「真治、いたずらなんて、いったいだれがするんだよ。本当だよ。その子は本当に見たっていってたんだ」
ぼくは目をつぶって、こぶしを強くにぎった。「その子」は、東山たちのだれかにちがいなかった。頭がガンガンする。泣きたい気持ちがのどもとまであがってくる。父さんは、しきりにぼくの頭をなでている。ぼくは何度も小さく深呼吸して、自分を落ち着かせた。だけど、もうそれ以上の言葉がでてこない。

「おじさん」

三浦の声がする。

「野田町のほうもさがしてみようよ」

三浦だってもう、この電話が東山たちのいたずらだって、わかってるはずなのに、その声はあっさりしていた。

「きっと、ヨウコ、おなかがすきすぎて、おじさんの匂いがわかんなくなっちゃったんだよ」

三浦が、むじゃきな感じでそういう。

「野田町のほうって、スーパーのちかくに焼き鳥屋とかあるじゃん。そっちの匂いにつられて、いっちゃったのかもよ」

三浦の言葉は、ぼくが良子おばさんの前でやる、小さなこどものフリみたいだと思った。

「そうか、きっと、そうだな」

父さんが三浦の思いつきにうれしそうにうなずく。

「そうだよ。早くいってあげよう。ヨウコ、おじさんに会いたがってるよ」

三浦が父さんの気持ちをさらにもりあげる。

「そうだよな。ヨウコは、オレがきらいになって、逃げまわってるわけじゃないよな」

「そんなわけないじゃん。おなかすいてるんだよ。だから、おじさんの匂いに気がつけないんだよ」

「そうだよな。あいつは、ほんと、くいしんぼうだからな！」

父さんと三浦が元気よく野田町のほうに走りだす。

ぼくは、もりあがっている三浦と父さんのあとを、ただついていくしかなかった。

父さんが楽しそうにわらっている。

三浦のはげましは、父さんをすくってるように見えた。

そんなふたりを見て、くやしいけど、ぼくは三浦に助けられたのだと思った。ぼくひとりだったら、こんなひどいいたずらをされて、どうなっていたかわからない。また、故障して、父さんを傷つけるようなことをいっていたかもしれない……。

ぼくはしかたなく、心の中で三浦に感謝した。

結局、野田町のほうにいっても、ヨウコはいなかった。ヨウコは見つからなかったけど、父さんはなぜか満足そうだった。

# 16

家への帰り道の途中、三浦と別れるときだった。

「真治、送ってくのがとうぜんだろ」

父さんがぼくにいった。

「おまえ、こんな夜道を、女の子ひとりで歩かせるつもりなのか？」

そのおこりかたは、けっこう本気だった。父さんが、急にふつうのおとなに見える。

ぼくは、三浦とふたりきりになるのは気まずかったけど、父さんのいうとおりにした。

ふたりで歩きだすと、さっきまで父さんと楽しそうにしていた三浦は、急に静かになってしまった。ときどき通りすぎる車のライトがぼくらを照らして、そのときにだけはっきり見える三浦の横顔は、ふきげんだった。ときどき、手を息で温めて、寒そうにしている。

ものすごい気まずかった。どんなに歩いても、三浦の家にはたどりつけないいんじゃないかと思うほど、時間が長く感じられた。

やっと三浦の家のちかくまでくると、ぼくはつくづくほっとした。

「もう、ここまででいいから」

その言葉にさらにほっとする。そして、つかつかと自分の家のほうにいってしまう三浦のせなかを見たとき、おもわず声がでた。

「あの」

三浦は、ピタッと足を止めると、くるっとふりかえった。その顔は、やっぱりおこったままだった。ぼくがなかなかつづく言葉をだせないでいると、

「なに！」

とスパッとした声をだす。

「……サンキュ」

ぼくはぼそっといった。

「なにが？」

「いっしょに、さがして、くれて……」

「なーんだ」

三浦が顔を不満そうにゆがめた。そして、

「わたし、まだ、チョコレートのお礼いってもらってないんだけど」

と、ぼくをにらみつける。

「ああ、それも、サンキュ」

ぼくがあわててつけくわえると、

「それも、か」

と不満そうにくりかえしていた。それから、すっかりあきらめたみたいに、大きくため息をつくと、

「もう、いい」

といった。

ぼくはなにもいえなかった。

「わたし、あんたみたいに、いじけてるやつきらいだし」

そうはっきりとぼくにつげる三浦に、カチンとくる。ぼくは思わずかっとなっていいかえした。

「ぼくのどこがいじけてるっていうんだよ！」

とつぜんどなったぼくを、三浦がふしぎそうな顔をして見る。

「いじけてるなんていうな！」

自分でもびっくりするくらい大声がでる。そして、これもまたおどろいたことに、急に胸がむかむかして、ぼくはあわてて口をおさえた。なにかがおなかの底からこみあげてきて、ぼくはとっさにその場でしゃがみこむと、ゲロをはいた。

「ちょっと、だいじょうぶ？」

三浦がかけよって、ぼくのせなかをさする。ぼくは、もう、格好なんてつけていられなかった。その場で何度もゲーゲーときたない声をだしながら、こみあげてくるものを全部吐きだす。きたない音を何度もたてってはきだされたゲロが、道路にまるく広がる。

三浦はそのあいだずっと、ぼくのせなかをさすってくれていた。だすものをだすと、口の中は苦くて気持ち悪いのに、なぜかほっとした気持ちになった。

「ごめん」

三浦がぽつりといった。

「でも、あんたはいじけてるよ」

ぼくはすっかりつかれて、ぜいぜい呼吸しながら、それでも三浦の言葉に耳をかたむける。

「わたしはがまんしなかった」

がまん？

「がまんしなくてよかったと思ってる……」

最後のほうは、ぼそぼそとつぶやくような声だった。

そして、大きく息をはくと、急にかけだしていってしまう。そのうしろ姿をぼくはぼんやり見送った。

なにをいわれたのか、さっぱりわからない。

ぼくはよれよれと立ちあがると、からだを回転させて家へと向かった。

なんか、もう、いろんなことがどうでもいいような気持ちだった。

「ただいま……」

家にもどると、父さんは夕飯のしたくをしていた。

「おおっ、ちゃんと送りとどけたか？」

父さんはなぜかごきげんだった。

「うん……」

ぼくは洗面所にいって、口をゆすぐ。つめたい水が、歯にしみる。そして、玄関に置きっぱなしにしてあった三浦からもらったチョコレートを持って、自分の部屋にいった。

包みをあけると、でてきたのは、手作りらしい、でこぼこのハート形のチョコレートだった。

そのチョコを見てもまだ、ぼくには三浦の気持ちがよくわからなかった。チョコの前で正座して、しばらくそれをながめるばかりだった。

「真治、ごはんだぞー！」

父さんの声がする。ヨウコのことなんかすっかり忘れたみたいに、うきうきした声をだしている。

ぼくはまだ胸がむかむかして気持ち悪かったけど、力をふりしぼって「ふぉーい」と、いつものてきとうな返事をしてみせた。

# 17

つぎの日の朝のことだった。

ぼくが起きると、父さんが背広姿で、朝ごはんを食べていた。

背広姿の父さんを見るのは、ひさしぶりだった。

「おっ、起きたな。早く顔洗ってこい」

父さんはきのうの夜からずっと、きげんがよかった。ネクタイの先っちょをよごれないように胸のポケットにいれて、トーストをかじっている。

どう見ても、それは会社にいくしたくだった。玄関に会社用のかばんも置いてある。顔を洗って台所にもどると、父さんはもう、自分のぶんのお皿を片づけている。

「おっと、もう時間ないぞ。ちこくだ、ちこくだ」

父さんが鏡ごしに時計を見ながら、ネクタイをしめなおしている。

「じゃあな、朝ごはんちゃんと食べろよ」

そういって、玄関に向かった父さんに、ぼくはあわててきいた。

「どこいくの？」

父さんは靴をはきながら、あたりまえのようにこたえた。

「会社だよ」

「どうして？　まだヨウコは見つかってないよ」

「だいじょうぶ。ヨウコは、必ず帰ってくるよ」

父さんがにやりとわらってぼくを見る。

「ヨウコは、ただまいごになってるだけなんだ。だから、必ず帰ってくる。それに、三浦さんもさがしてくれるっていってたし、ポスターを見て、わざわざ電話してくれた子だっているんだ。父さんが会社にいっても、いろんなひとが、ヨウコをさがしてくれてる。だから父さんは、ちゃんと働いて、ヨウコが帰ってきたときに、うまいもの食わせてやろうと思ってさ」

ぼくはなにもいえなかった。

「じゃあ、いってくるな」

だけど、父さんは、ヨウコがいたときとおなじような笑顔を見せて、会社にいってしまう。

のこされたぼくは、なにがなんだかわからなかった。おいてきぼりにされた気分だった。

なんだよ、それ……。

ぼくは足の力がひょろひょろとぬけて、玄関にへたりこんだ。

力がぬけて、しばらくそのままぼんやりしてしまった。

「どうして、急に元気になるんだよ……」

なんかすごく、くやしかったしむかついた。

三浦の協力や東山のいたずらに、負けたって感じだった。

だって、ぼくが爆発しても、父さんはまともに向きあってくれなかった。ぼくの言葉をうけいれてくれなかった。だからあきらめた。あきらめて、はげましてきた。ヨウコはきっと帰ってくるから、元気だしなよとか。ヨウコは、ただ遠くにいきすぎて、帰ってこれなくなっちゃってるだけだよって。

それでも、父さんは元気にならなかった。

会社にいこうとしなかった。

それなのにきのう、三浦にはげまされただけで、ヨウコを見たっていうひとが電話してくれただけで、父さんは元気になった。魔法をかけられたみたいに、いつもの父さんにもどってしまった。

ぼくは、げんこつで床をたたいた。なんだか、そうせずにはいられなかった。

「なんだよぉ……」

ぼくはぶつぶつとつぶやいた。

「ぼくは、父さんのなんなんだよぉ……」

そう口にしたとたん、ずっとがまんしていた気持ちがあふれだす。ぽろぽろと涙になって落ちてくる。

ぼくの中から、本音がわきあがってくる。

ぼくは、ずっとがんばってきた。ヨウコを自分の奥さんだと信じている父さんに、つきあってきた。父さんが、ヨウコが母親だっていうなら、それでいいと思うことにしてきた。だから良子おばさんが知っているらしい「本当のお母さんの話」だって、きかなかった。知ろうとしなかった。

それなのに……。

「くっそー!」

ぼくは、くやしくてくやしくて、何度もげんこつで床を打ちつけた。

じょうだんじゃない。もう、父さんのためにがまんするもんかって思った。

怒りはなかなかおさまらなかった。床に打ちつけたげんこつが赤くなる。

そのまま、ずいぶん時間がすぎた。

それでもよれよれと立ちあがると、鏡にうつった自分の姿が目につく。

人間の姿をしたぼくがいる。最近、父さんに少し似てきた。鼻と口もとと顔のかたちなんかが似ている。目がぱっちりしているのは母さん似だって、父さんはいう。鏡の中の自分をにらみつける。じっとじっと、にらみつける。

とつぜん、本当の母親のことを、知りたくなった。

もう、父さんに遠慮なんかすることない。

本当のことをきけるひとは、ただひとり。良子おばさんだ。良子おばさんに「本当のこと」を全部きこう。

ぼくはそう決めて、さっそく身じたくをはじめた。もう父さんに遠慮なんかしない、と何度もつぶやきながら準備をした。

# 18

バスと電車をのりついで、わざわざおばさんの家にいくのは、ものすごくひさしぶりだった。

おばさんの家は、うちの三倍はある大きな家だ。庭も広くて、いちど、ヨウコをつれていったときなんて、それはおおはしゃぎで、はしゃぎまわった結果、植木鉢を三つもたおして、おばさんにすごくしかられていた。仕事がいそがしいおじさんとは、もう何年も会ってない。

うちにくるのはいつもおばさんだけだ。こどもがいないおばさんは、時間がたくさんあって、それで、ぼくたちにおせっかいをやいているのだ。おせっかいをやく相手は、ぼくたちだけじゃなくて、いろんなボランティアなんかもしてるみたいだけど、それでも、おばさんはヒマなのだと思う。

ぼくが新しいゲームソフトを買ったのを知ると、自分もおなじものを買って練習しているし、ぼくには勝てなくても、父さんなんかよりは全然うまい。相当練習している証拠だ。

ぼくはどうどうと学校をさぼって、おばさんの家に向かった。電車でもバスでも、だれにもあやしまれなかった。バスも電車もおとな料金を払ったからかもしれない。

おばさんの家について、玄関のチャイムを押す。家からでてきたおばさんは、

「真ちゃん？　あら、まぁ、学校は？」

とさすがにびっくりしていた。

「開校記念日で休み」

ぼくがしらっとしていうと、

「ああ、そうなの。あっ、ほら、あがって」

と、すぐにだまされて、ぼくを家にあげる。

おばさんがリビングルームのドアをあけながらきく。

「お父さんは？」

「会社」

「ヨウコは？　見つかった？」

「見つからない」

おばさんは、ぼくがいつものように愛想のいいこどもじゃなくて、とまどってるみたいだった。

「そう、でも、ちゃんと会社はいってるのね。よかったわ」

「よくないよ」

ぼくは、ムカッとした気持ちを顔にだしていった。

「ヨウコは、見つかってない」

「あっ、そうね。そう……」

おばさんが逃げるみたいに、台所にもどっていく。

でも逃げだしたいのは、ぼくのほうだった。

いざとなると、本当に母さんのことなんかきいちゃっていいのか、不安だった。本当のことをきいてしまったら、もう二度と、父さんとヨウコとぼくの家族にはもどれなくなってしまう気がした。ヨウコがもどってきても、もどれなくなっちゃうような、そんなとんでもないことをしてる気がした。

通されたリビングルームには、大きなテレビがあって、このあいだぼくが買った格闘技のゲームとおなじやつが、画面で一時停止していた。

うちの茶の間にあるやつの三倍は大きいテレビで見るその画像は、色がすごくきれいで、迫力があった。

「今度は、真ちゃんに負けないように、特訓してたのよ」

おばさんは、ぼくに温めた牛乳のはいったカップをさしだしながらいった。ぼくはそのカップをうんざりしながらうけとった。六年生の男に、まるで小さなこどもにするみたいに温かい牛乳を飲ませようなんて、バカにされてる気分だった。

「ちょっとやってみる？」

「なにを？」

「ゲームよ」

おばさんは、このあいだ、こころの病気の先生をつれてきたことなんて、まるでなかったみたいに、話しかけてくる。ぼくがだまっていると、

「おばさん、これなら自信あるのよね。きょうは絶対に勝てそうな気がする」

と、うでまくりをしてみせた。だけどそんなおばさんの様子は、どこかそわそわしていて、やっぱり気まずそうだった。

「負けたら、きょうはおばさんが真ちゃんの好きなものをごちそうしてあげる」

ぼくは、気持ちがゲームに向かうよう、強くせなかを押されている気分だった。

ぼくだって、そのほうが楽だった。ここでいつもみたいにむじゃきなこどものフリをしたほうが、よっぽど楽なんだ。

「おばさん」

だけど、ぼくは勇気をふりしぼった。

三浦と楽しそうにおしゃべりしていた父さんを思いだす。今朝、父さんが会社にいってしまったうしろ姿を思いだす。カップをソファの横のテーブルに置いて、大きく息をすって、はきだしたその勢いでいう。

「ぼくの本当の母さんのこと教えてよ」

すでに、コントローラーを手にとっていたおばさんのうごきが止まる。

「おばさんが知ってること、なんでもいいから教えて」

声が少しふるえてしまう。おばさんは、テレビの画面を見つめたまま、だまっている。

「おばさん！」

ぼくは声を大きくした。すると、おばさんはやっとぼくのほうを向いた。すごく真剣な

顔をしていた。だけど、ふっとやさしい顔をつくると、

「真ちゃんは、まだ知らなくていいんじゃないかな」

といった。

「だいじょうぶ、お父さんのことは、おばさんがかならず、なんとかしてあげるから」

おばさんは、まるで小さなこどもの頭をなでるときみたいな、やさしい声をだす。

「ねっ、だから……」

おばさんがそこまでいったところで、ぼくは温かい牛乳のはいったカップを手ではらった。カップが机からすっとんで、牛乳が床にこぼれる。

おばさんが、いいかけた言葉をのみこむ。

「ふざけんなよ！　知らなくていいわけないじゃん！」

ぼくは乱暴な言葉をはきながら、なさけないことに泣きだしてしまった。まったく、最近のぼくは泣いてばかりだ。

おばさんは、そんなぼくの様子をだまって見ている。こぼれた牛乳をふこうともしないし、転がってるカップをひろおうともしない。

どうしたらいいかわからなくて、ただじっと、泣いてるぼくを見ているみたいだった。

# 19

そんな時間がしばらくつづいた。おばさんはなにもいわなかった。ぼくは必死で泣きやもうとしていた。おもてを、選挙の宣伝カーが通りすぎていく。バカでかい声で、自分の名前をくりかえしている。だけどやがてその声も、遠くに消えていった。ぼくはどうにか泣きやんで、自分の足もとをにらみつけていた。バツが悪くて、顔があげられない。

「あのね、おばさんもくわしくは知らないの」

根負けしたのは、おばさんのほうだった。おばさんは、あきらめたようにポツポツと話しだした。

「もちろん、真ちゃんのお父さんは、ヨウコさん……そう、真ちゃんのお母さんもヨウコって名前なんだけどね、すごく大事にしてたのよ」

ぼくの心臓が、勝手に速度をあげはじめる。

「たった二十歳でお父さんとくらしはじめて、すぐに真ちゃんが生まれてね。お父さんとは十五歳も年がはなれてたね」

ぼくの本当の母さんの話。

「だけど、真ちゃんを産んで、すぐに……」

おばさんがとつぜん、だまる。

「すぐに、なに？　どうしたの？」

ぼくは顔をあげていった。

「……とつぜん、家をでてっちゃったの」

おばさんはそういうと、立ちあがった。

「あの日の朝、うちの玄関をあけたら、赤ちゃんがいたのよ」

おばさんがリビングにあるタンスの引き出しをあけて、紙きれをとりだす。

「おばさん、すぐに真ちゃんだってわかったわ。お祝いにあげた青いベビー服を着てたから」

そして、その紙きれをぼくにわたした。

ごめんなさい。わたし、じしんがありません。

ごめんなさい。ごめんなさい。ごめんなさい。

ようこ

それは、新聞によくはさまってるような広告のうらだった。えんぴつで書いてあった。全部ひらがなの、きたない字だった。

ぼくはその手紙をじっと見つめた。

「お父さんは、それはもうたいへんだったわよ。会社にもいかないし、とにかくあらゆる手段を使って、ヨウコさんをさがしてたわ。そのあいだ、真ちゃんは、おばさんがあずかってたのよ。あの子に、赤ちゃんの面倒を見るよゆうなんてなかったもの」

ぼくは無言で、その手紙……というより、メモを見つめていた。

「でも、ヨウコさんがいなくなって、半年くらいたったころだったかしらねぇ。ある日、あの子がうちにきたの。ヨウコが帰ってきましたって、ふたりで真治をむかえにきましたっていって……」

おばさんは、ぼんやりと庭をながめながら話していた。

「それが、帰ってきたそのヨウコっていうのが、犬なのよ。あの子、ヨウコが犬になって帰ってきましたっていうのよ」

ぼくが顔をあげると、おばさんは口をへの字に曲げて、こまり顔をしていた。

「あのときは、本当に、どうしたらいいかわからなかったわ。あの子、本気なんだもの。ヨウコさんが犬になって帰ってきたっていいはるんだもの」

くしゃくしゃと目じりにしわをよせて、こまった顔をしている。

「きっと、ヨウコさんがいなくなったことが、うけいれられなかったのねぇ」

なんだか、だんだん母さんじゃなくて、父さんの話になってくる。これっておばさんのくせだ。すぐに話がずれて、しまいには全然関係ない話になっているのだ。ぼくはあわてて、口をはさんだ。

「で、母さんは？　いまどこにいるとか、なにしてるとか、そういうの教えてよ」

すると、おばさんはやっぱりこまった顔をしていった。

「それが……、わからないのよ。おばさんもいろいろ手はつくしてみたんだけど、あの子たち、籍もいれないまま、いっしょにくらしてて……、だからヨウコさんの実家もわからなくて」

話がもどったのはいいけど、なんだかパッとしない。心がミシミシするような話をききにきたはずのぼくは、あわてた。

「おばさんが知ってるのって、本当にそれだけなわけ？　いまどこに住んでるとかも本当にわかんないの？」

おばさんが申し訳なさそうな顔でうなずく。

「これだけってこと……？」

ぼくは、そのメモをつまんでひらひらさせた。おばさんが、小さくうなずく。ぼくはメモをつまんだまま、よれよれとソファにもたれた。

ごめんなさいだって？　じしんがありませんだって？

ぼくはソファにもたれたまま、天井を見あげた。

ぼくは、本当の母さんの話をきいたら、納得してあげよう、ゆるしてあげようって思っていた。ヨウコを奥さんだという父さんをゆるしてるみたいに、母さんのことだって、ゆるしてあげようって思っていたのだ。

だけど、全然ちがう。まったく、ちがう。現実はそんなにドラマチックにできていないのだ。

おもわず、フッとわらってしまう。

「真ちゃん？」

おばさんがこまった顔して、ぼくの様子をうかがっている。だけど、ぼくはなんだかおかしくて、さらにフフフとわらってしまった。

だって、あまりに、まぬけな話だったから。

だって、ぼくは本当に信じていたんだもの。死んでしまってるならまだしも、生きてるなら、きっとぼくを気にしてる。会いたいけど会えない。やむをえない事情があっていっしょにくらせないんだって思っていたんだもの。

「フッ……」

ぼくはもういちどわらった。

あまいなっていう自覚が、ぼくからチカラをうしなわせる。

ぼくはちっともかわいそうじゃない。

だってこんな広告のうらにきたない字でメモ書きして、赤ん坊を置いて逃げだすようなやつなら、いなくて正解だ。

もし、そんなやつが母親だったら、きっとぼくはきらいになっている。いっしょになんかくらしたくない。

……だったら。

ぼくは思い直す。

本当のことより、犬のヨウコが母親だってことにしておいたほうがよっぽどましだ。いまのままでいいのだ。

ぼくはうれしさのあまり、ゲラゲラわらいだした。

ずっとわからなかったなぞがとけて、ぼくは声をたてて、わらわずにはいられなかった。

# 20

「真ちゃん……だいじょうぶ？」

おばさんは、そんなぼくを「この子までへんになっちゃったわ」という目で見ていた。

だけど、ぼくは深く深呼吸したときみたいに、落ち着いていた。

「だいじょうぶ」

ぼくはわらうのをやめて大きくうなずいてみせた。

「やっぱさ、ヨウコでいいかなって思ってさ」

ぼくはやっぱりフフフとわらってしまう。

「母さんは、犬のヨウコのほうで、いいよ」

そう口にしたら、すごくほっとした。ぼくの母さんは、ヨウコ。犬のヨウコ。小さいときからずっといっしょだった、ヨウコ。

おばさんはぼくを見て、ただ、こまったように顔をゆがめていた。

「おばさん、ありがとう」

ぼくはつづけた。

「本当のことを教えてくれてありがとう」

ぼくはすなおな気持ちで、おばさんにお礼ができた。もうおばさんの前で、むじゃきな、なにもわからないこどものフリなんてしなくていいのだと思うと、おばさんと会うのも悪くないと思えた。

楽になった気持ちが、ぼくをやさしくする。

そして、もういちど本気で、ヨウコをさがさなきゃって思った。

ヨウコに会いたい。絶対に、見つけたい。なんとかして、さがしだしたい。

ぼくは立ちあがった。帰ったら、いつもの散歩コースをさがしてみようと思った。もういちどペット探偵のお兄さんにも相談しようと決めた。

「おばさん、もうぼくたちのこと、心配しなくていいからね。ぼくたちの様子なんて見にこなくていいからね」

ぼくは玄関で靴をはきながら、心配そうな顔をしたままのおばさんに念をおした。

「ゲームの相手がほしいなら、ぼくがここにくるよ。それまで、ゲームの練習しときなよ」

おばさんの顔がちょっとゆがむ。おばさんにいつものずうずうしい元気はなかった。

「ぼくにかんたんに負けないようにしときなよ」

そういってにやりとわらってみせる。

「そうね」

おばさんが小さくわらった。

「そうね」

おばさんは、声を落として何度もくりかえしていた。そうねって……。

「それから……」

ぼくは玄関をでる途中で、ちょっとだけ立ち止まった。そして、玄関のげた箱に飾ってある折り紙でできたおひなさまを見ながらいった。

「父さんが本当の母さんをさがしてるあいだ、ぼくの面倒みてくれてありがとう」

それは、すごい早口な言い方になってしまった。

「いいのよ」

おばさんの声がせなかにあたる。

「真ちゃんは、本当にかわいい赤ちゃんだったのよ」

ぼくはおひなさまを見つめつづけていた。

「そのまま、自分のこどもにしちゃおうかと思っちゃったくらいよ」

折り紙なのに、よくできたおひなさまだった。

「また、くるよ」

「そうね」

ぼくはその声をきいてから、玄関のドアをしめた。

あとは、ヨウコだけだ。

ヨウコがもどってくればいいのだ。ぼくは走りだした。

いまなら、みとめよう。

ぼくは心のどこかで、ヨウコがこのままいなくなってしまえばいいと、思っていた。

そうなれば、父さんとぼくのふたりだけの家族になる。ただ、母親がいないだけの、家族になれると……。

三浦のいうとおりだ。ぼくは確かにいじけていた。

ぼくの気持ちなどちっとも考えてくれない父さんに、不満をかかえていた。

父さんの愛情を全部そそいでもらえるヨウコに嫉妬もしていた。

そして、ぼくはそんな本当の気持ちを見つめることなく、いじらしく父さんにあわせている自分を、えらいと思っていたし、かわいそうだと思ってきた。

だけど、ぼくはちっともかわいそうじゃない。

もう期待なんてしないでいい。もうひとり増えたら……なんて考えなくていいのだ。

これでヨウコをさがせる。本気でさがせる。

おもてにでると、つめたい空気でほてった顔がピリピリしびれた。それが妙に気持ちよくて、ぼくはそのピリピリした感じを楽しみながら、走りつづけた。

# 21

家に帰ると、電話の留守電機能のランプが点滅していた。

学校からかな、ヤバイなって思った。

おそるおそるボタンを押すと、ペット探偵のお兄さんの声がした。

「ヨウコちゃんが見つかりましたよ。車でおとどけしますので、おりかえしお電話ください」

ぼくはその声をきいてパニックになった。

どうしたらいいかわからなくて、おもわず部屋の中をうろうろしてしまう。朝、着がえるときに投げ捨てた、自分のパジャマに足をとられて転ぶ。あお向けになって、茶色い天井を見つめる。おもわず、ワァァー！　っと大声をあげる。からだじゅうの血がぐつぐつ沸騰して、ぼくはもういちどワァァー！　っと大声をあげた。静かになんてしてられない。

ヨウコが見つかったんだ！　ヨウコが見つかった！　ヨウコが見つかったのだ！

ぼくはもういちど、留守電をきいた。ペット探偵のお兄さんはやっぱりおなじことをいっていた。ヨウコちゃんが見つかりましたって。

ぼくはすぐに、父さんの会社に電話した。だけど、電話の向こうの父さんはひくい声でいった。

「そうか。わかった。そのひとには父さんが電話しておく。なるべく早く帰るから。おまえは家にいろ」

父さんの会社用の声には、なれている。だけどうれしいのをがまんしている父さんの声は、へんによそよそしかった。本当はとびあがってよろこびたい気持ちをぐっとおさえてるんだ。

ぼくは電話を切ると、床に寝転んで、からだをばたばたさせる。じっとなんかしていられなかった。

やがて、父さんが帰ってきた。父さんは玄関のドアをあけるなりさけんだ。

「真治！　帰ってくるぞ！　あと五分くらいでヨウコが、帰ってくるぞ！」

駅から猛ダッシュで走ってきた父さんは、この寒いのに汗だくだった。ぼくと父さん

は、玄関で顔を見あわせると同時に、

「バンザーイ！　バンザーイ！」

と両手をあげてよろこんだ。ぼくは、父さんに対して感じていた今朝の不満なんか、すっかり忘れていっしょによろこんだ。

さっき会社でだしていた声よりも高い声で、父さんがいう。

「あー！　もう、父さん、真治から電話があったときは、心臓止まったよ。あれは、絶対に一瞬止まった」

「ぼくも留守電きいたときは、大パニックだったよ」

「だよなぁ！」

父さんがぼくの頭をかきむしる。

「ほんと、よかったよ、ほんと、よかった」

父さんはぼくの頭をかきむしりつづけた。父さんに髪をぐしゃぐしゃにされつづけて、おもわず泣きそうになる。ヨウコが帰ってくるのだ。また、みんなでくらせるんだ。

もう、それでいいって思った。ヨウコがもどってくれば、なんでもいい。

おもてに車の止まる音がする。ぼくたちは耳をすました。玄関の門があく音。チャイムが鳴る。ドアをあけると、深緑色のダウンジャケットを着たペット探偵のお兄さんが立っていた。

「ヨウコちゃん、つれてきましたよ」

お兄さんは、ペコリと頭をさげるといった。

父さんもそのお兄さんに、深く深くおじぎをする。

「ありがとうございました」

父さんはなかなか頭をあげなかった。ぼくはぐしゃぐしゃにされた髪を手でなおしながら、そんな父さんのうしろ姿を見ていた。

「ただ……」

そのお兄さんは、父さんの肩を両手で支えるように持ちあげた。そして、父さんの顔をのぞきこむようにして、ゆっくりと話しだした。

ちがう犬をさがしてたときに、たまたまヨウコを見つけたこと。ヨウコがいたのは、ここからとんでもなく遠い、工場地帯の海辺だったこと。

そして、すごく弱ってしまってること。すぐに病院につれていったけど、老犬なのでもう長くはないといわれたこと。

「全然食べてなかったみたいなんですよ。さっきからいろいろためしてるんですけど、もう口をあける元気もないみたいで……」

父さんは、ひとつひとつ静かにうなずいてきいていた。とりみだしたりしないで、最後にやっぱりありがとうございましたといって、そのお兄さんに頭をさげていた。

「じゃあ、こちらに……」

お兄さんにつれられて、白いワゴン車にちかづく。そっとうしろのドアを開くと、まず、なつかしいヨウコの茶色い毛並みが見えた。だけど、その毛並みはすごくよごれていて、ぬれてるみたいにじとっとしていた。

「ヨウコ……」

父さんが名前を呼んでも、毛布にくるまれたヨウコは寝ているみたいにうごかない。

「ヨウコ……」

父さんがそっとちかづいて、ヨウコの顔をのぞきこむ。すると、さっきまでぐったりしていたしっぽがヒュンとうごいた。そして、ぱたぱたとまるで、そのしっぽだけがべつの生き物みたいに、ゆっくりうごく。

「すごいですねぇ」

ぼくの横でその様子を見ていたお兄さんがいった。

「ぼくが呼んでも、ぐったりしたままで、全然反応しなかったんですよ」

ヨウコのからだは石みたいにうごかないのに、しっぽだけはしっかりうごいていた。

「ヨウコ、会いたかったよぉ、そうかそうか、うん？　おまえも会いたかったか？　そうだねそうだよな」

父さんがていねいにヨウコの頭をなでている。ふたりはちゃんと、会話していた。ふたりは、会えてよろこんでいた。ヨウコのしっぽのうごきが、父さんに「会いたかったわ」っていってるように見えた。ぼくには、そう見えた。

それから、お兄さんと父さんで静かにヨウコを家に運んだ。父さんは自分のふとんを持ってきて、そこにヨウコを寝かせた。ヨウコの目はあいていたけど、なにもうつってないみたいに、どんよりしていた。

ペット探偵のお兄さんが帰るとき、父さんがいった。

「ヨウコは、まいごになってただけですよね」

お兄さんは父さんをじっと見ていた。

「逃げたんじゃないですよね」

父さんの真剣な言葉を、まじめな顔をしてきいていた。

「ぼくや真治がきらいになって、それで逃げたわけじゃないですよね」

父さんのすがるような質問に、お兄さんは大きくうなずいてくれた。

「もちろんです」

ちっともへんな顔しないで、そういってくれた。父さんは、もういちどそのお兄さんに深く頭をさげていた。

「なるべくそばにいてあげてください」

ペット探偵のお兄さんはそういって、帰っていった。

# 22

「ヨウコが見つかったよ」

つぎの日の朝、げた箱でいっしょになった三浦に、ぼくはいった。ぼくは、わざわざ三浦のことを待ちぶせしていた。

三浦の前でゲロを吐いて以来、ぼくらはなにごともなかったように、おなじ教室にいた。ぼくは三浦が気になってしかたなかったけど、三浦とぼくの視線があうことはなかった。

だから、ヨウコが見つかったことをつげるのは、チャンスだった。

「えっ？」

「ヨウコが見つかったんだ。いま、家にいる」

ぼくは三浦をしっかりと見つめていった。

「へぇ、よかったじゃん」

三浦はぶっきらぼうな感じで、それしかいわなかった。もっと大さわぎしてよろこぶかと思っていたぼくは、がくっとした気分になる。

三浦はちっとも、よかったねっていう顔をしていない。そして、うわばきに足をつっこんで、手でかかとを靴にはめこむと、さっさと教室に向かって歩きだしてしまう。ぼくはあわてて追いかけた。

「あの！」

ぼくの声に、三浦がパッとふり向く。おこってるわけじゃないけど、親しげな感じでもなかった。

「会いにきてほしいって、父さんが……」

ぼくはびびっていた。ぼくの予想していたとおりの反応をしてくれない三浦に、すっかりとまどっていた。

「お父さん？」

三浦の顔がけわしくなる。

「いや、ヨウコが……」

自分でもなにをいってるのかわからなくなる。

「ヨウコ？　ヨウコがそういったわけ？」

ぼくはいうべき言葉が思いつかなくて、だまりこむしかなかった。

三浦はそんなぼくを見て、鼻息のあらいため息をひとつつくと、ぷいとからだの向きをかえて、いってしまった。とりのこされたぼくは、ただそこにつっ立っていた。

ぼくの横を一年生の女子ふたりが、ハーモニカをふきながら通りすぎてゆく。まだ、そんなによごれてないランドセルを背負ったそのふたり組は、ぎこちない「きらきら星」をふいていた。

それから、教室にはいって、自分の席について、朝のあいさつとか、一時間目の算数とか、三時間目の社会の時間とかがすぎる。

ぼくはそのあいだずっと、三浦ばかりを気にしていた。三浦の態度はいつもどおりで、先生にあてられるとスパッと正解をいうし、休み時間には女子といっしょにおしゃべりしたり、おなじ野球チームにいる男子と、コーチの悪口をいったりしていた。

ぼくはその様子をただ、遠まきに見ていた。

「三浦さんにきてもらえよ。ヨウコと仲がよかったんだろ。ヨウコが会いたがってるんだよ」

今朝、父さんはぐったりしたヨウコをなでながら、朝ごはんを食べているぼくにいった。ヨウコは本当にもう長くなさそうで、そんなヨウコに父さんは、もちろんつきっきりだった。なにも食べようとしないヨウコに、牛肉の煮汁をスポイトで口の中に流しこんでやったり、しきりになでてあげたりしていた。

「三浦さんだって、きっとヨウコに会いたいだろ？　あんなに一生懸命さがしてくれたんだ」

父さんにいわれなくても、ぼくはそのつもりでいた。

ぼくらにつきあって、本気でヨウコをさがしてくれた三浦に感謝していた。

だからきょうは、これでも精いっぱい勇気をだして三浦に話しかけたのだ。それなのに、三浦はヨウコにすっかり興味をなくしたみたいで、まったく話にのってくれなかった。

結局その日、ぼくはそれ以上、三浦に声をかける勇気を持つことができずに学校を終えた。

# 23

家に帰ると、父さんはヨウコのそばでりんごをかじっていた。

「さっきりんごのすったやつをスポイトでやったら、おいしそうになめていたよ」

父さんがそういって、うれしそうな顔をする。父さんはヨウコのそばで、すごく落ち着いていた。静かに、満足そうにヨウコとすごしていた。

ぼくもヨウコのそばによって、そっとせなかをなでた。横になって、ほおをせなかにあててみる。ヨウコの温かなせなかが、呼吸とおなじリズムでうごいている。ヨウコの匂いがする。枯れたススキの穂におしっこをひっかけたときみたいな、つーんとする匂いだ。洗剤みたいにいい匂いじゃないけど、よくなじんだ匂い。じんわりと涙がにじむ。

いまならわかる。

ぼくだって、父さんとおなじくらい、ヨウコを必要としてきたのだ。

もう、学校から帰ったときに「ただいま」をいう相手がいなくなる。

父さんとなかよくじゃれてる姿も見られない。川原に散歩にいくこともなくなるだろう。ぼくは、お母さんのいない子の気持ちなんて、考えたこともないくらい、平和にくらしてこられた。

ぼくだって、父さんとおなじくらい、ヨウコにすくわれてきたのだ。

そうみとめたとたんに、どうしようもないかなしみがこみあげてくる。

ぼくはしばらくそのまま、ヨウコにしがみついていた。父さんもおなじように寝転んで、ヨウコにしがみつく。こうして、みんなでいっしょに寝るなんてすごくひさしぶりだった。

小さいときは、よくこうしてみんなでいっしょに寝たことを思いだした。夏の夜に庭にシートをしいて、みんなで寝転んで星が少しずつ夜空をうごいていくのを見ていた。ヨウコはうつぶせで寝るから、夜空が見えないだろうって、父さんが大きな鏡で夜空をうつして見えるようにしてあげていた。

ふいに、玄関のチャイムが鳴る。

ぼくはじわりとにじむ涙を、ヨウコのせなかでふいた。

父さんが起きあがって玄関に向かう。

「ああ、きてくれたんだね」

玄関で父さんの明るい声がする。

「はい」

三浦の声だ。

「ヨウコ、帰ってきたってきいたから。いま、庭をのぞいたんだけど、いないからどうしたのかなって思って……」

ぼくはあわてて起きあがって、涙をごしごしふいた。顔をあげると三浦と目があった。

それから、ぼくの横でぐったりしているヨウコを見て、

「ヨウコォ」

といいながら、茶の間にあがってくる。

「ヨウコォ」

三浦はヨウコにだきついて、ヨウコの首に顔をうずめていた。ヨウコのしっぽがいちどだけ、パタンとはねた。

「よかったな、ヨウコ。三浦さんが会いにきてくれて、よかったなぁ」

父さんがヨウコをなでながら、やさしい声をだす。ぼくは三浦の前なのに、がまんでき

なくて、またぐずぐずと泣きだしてしまった。

三浦はいつもタイミングがいい。ぼくが格好悪いときばかり、そばにいる。

父さんは三浦に、ヨウコがいかにいい奥さんだったかを話しはじめた。

どのくらいヨウコを愛していたか、ヨウコといっしょにいて、どれくらい幸せだったかってことを。

そんな父さんの話を、三浦は、ちっともへんな顔しないできいていた。

帰りがけ、三浦は最後にそっとヨウコにだきついて、またねと声をかけていた。帰りはもちろん、ぼくが送りとどけることになっていて、玄関で手をふる父さんに、三浦はやっぱり「またねー」と手をふりかえしていた。

ぼくはだまって、三浦の前をすたすたと歩いた。足音で、三浦がすぐうしろを歩いているのがわかった。

「ねえ」

三浦の声が、すぐうしろからきこえてくる。

「元気だしなよ」

三浦の白い息が、目のはしにうつっていた。

「ヨウコって、幸せじゃん」

ぼくは返事をしなかったけど、三浦はかまわずつづけていた。

「きっと、悔いはないよ」

ぼくは急に立ち止まった。三浦がせなかにあたる。そして、くるっとふりかえって、きいてみる。

「三浦って、うちの父さんのこと、なんとも思わないわけ？」

三浦の顔があまりにちかくて、ぼくは一歩だけ下がった。

「なにが？」

三浦のうしろで、いまわたったばかりの信号が点滅していた。ぼくはその信号を見つめて、さらにいった。

「うちの父さん、ヨウコを自分の奥さんだと思っている」

国語の教科書をぼう読みしてるみたいな、発音になってしまう。

「ぼくの母親だと思ってる」

「ふうん」

だけど、三浦はぼくをぬかして歩きだした。

「わたしは……」

声が小さくてよくきこえない。ぼくは三浦を追いかけた。

「わたしは、いいなって思うだけ」

寒そうにせなかをまるめて、腕組みをしている。

「ただ、いいなぁって思うだけ」

腕組みをほどいて、自分の息で手を温めている。

「うち、オヤジいないし」

ザクザクと三浦の足音がする。少しかかとをひきずるような、くせのある歩きかただ。

「お酒飲んで、母さんを殴ったり蹴ったりするやつだったから、みんなで逃げてきたんだ」

はじめてきく話だった。

「いくら本当のオヤジでも、あんなやつなら、いないほうがまし」

きっとクラスや野球部のやつらはだれも知らない。

「うちも、宮田のお父さんみたいだったら、よかったよ」

三浦の声は、いつもよりもしんなりしていた。

「ちょっとくらいへんでも、そっちのほうが全然いい」

いつも弟を軽々とおんぶしているせなかが、小さく見えた。

「がまんしなくてよかったと思ってる」ってそういうことだったのかと、やっとわかった。

ぼくたちは、おとならしくない親を持ってしまった、似たものどうしだったのだ。

三浦も親につきあって、がまんしていたときがあったのだ。

だからこそこんなぼくを、なんでかわかんないけど好きだと思ってくれてるのかもしれない。

ぼくは早足になって、三浦のとなりにならんだ。そして、三浦とおなじように、腕組みをしてみる。おなじ格好で歩くぼくたちの影が、ぼくらの前方にのびている。

そうしてぼくたちはそのまましばらく、ならんで歩いた。もう、なにもしゃべらなかった。追いこすこともなかった。

そのまま、長くなったり、短くなったり、足もとにかたまったりする影を見つめながら、ならんで歩いた。

# 24

それから二日後の日曜の朝。

ヨウコは静かに息をひきとった。朝起きたら、父さんの横でそっと亡くなっていた。

ぼくがさわると、まだ温かかった。かなしかったけど、ぼくはもう泣かなかった。父さんも静かだった。すぐにペット専用の葬儀屋さんに電話して、つぎの日にはヨウコを火葬してもらう手つづきをしていた。それからも父さんは、かなしみにくれたりしないで、小さな仏壇を買ってきたり、ヨウコを包むきれいな毛布を買ってきたりと、てきぱきと働いていた。

ぼくもすぐに三浦に電話した。ぼくがすることといったら、それくらいしかなかった。しぶしぶでもなく、ためらうこともなく、自分ですぐに三浦に電話した。

三浦はぼくからの電話だとわかるとすぐに、

「いうなよぉ」

といった。

「わかったから、いうなよぉ」

ぼくはすなおに、ヨウコが死んだという言葉をのみこんだ。そして、ただ、明日の放課後、うちにきてほしいとだけいった。

「うん、わかった」

三浦のかすれた声がとどく。ぼくは安心して、静かに受話器を置いた。

ヨウコのからだが、ほたるみたいにかすかな感じで、ひかってるように見える。ヨウコのまわりだけが、空気がすんでいる感じがする。茶の間のまん中でつめたくなっていくヨウコが、ぼくの気分をしんとさせる。

つぎの日。

ヨウコのお葬式には、父さんとぼくと、それから三浦がきてくれた。学校からいちど帰って、きちんと黒い服に着がえてやってきた。

「きてくれて、サンキュ」

ぼくがいうと、三浦は、

「ゴシュウショウサマデス」

といった。それからヨウコを見て「眠ってるみたいにしか見えない」とほっとしていた。

車でペットの葬儀屋さんのおむかえがやってきて、葬儀場に向かった。

葬儀屋のひとは、とても大事にヨウコをあつかってくれたし、ちゃんとお経もあげてくれて、一時間くらいすると、ヨウコは小さな骨壺の中にいた。そのあいだ、みんなで頭をさげてばかりいた。そうやって、おごそかにヨウコを見送った。

葬儀屋さんに家に送ってもらう途中、三浦の家にまわってもらった。

三浦が車を降りると、

「また、遊びにきてね」

と父さんがいい、三浦は「はい」と小さくうなずいていた。

みんな、ちょっとつかれていた。

家に到着すると、ヨウコの骨壺を小さな仏壇の中に置いた。ヨウコの首輪とか、水とか、ペディグリーチャムもいっしょに置いた。

それからお線香をあげて、ふたりでいっしょに手をあわせた。

「これからはふたりだな」

お参りをすませると、父さんが仏壇にヨウコの写真を飾りながらいった。

「そうだね」

ヨウコの写真は、顔がカメラにちかづきすぎていて、ちょっとぼやけていた。

「ヨウコがいないぶん、真治にもしっかりしてもらわないとな」

父さんはその写真をながめながらいった。

「なんたって、もううちは、父さんと、おまえだけになっちゃったんだからな」

父さんはそういうと、ちょっとおどけたようにわらった。

ぼくは父さんのその顔を見て、もう本当にふたりなんだなって思った。

もう、いじけてられない。

父さんとふたりで、強く生きてみせると思った。

「家のことも、ちゃんと手伝ってもらうからな」

「えっ？」

ぼくはすっかり安心して、おおげさに顔をしかめてみせる。

「とうぜんだ。これからは、ふたりなんだから」

父さんがぼくの太ももをげんこつで軽くパンチする。

「了解」

ぼくも父さんの太ももにパンチを返す。
いつか、もっと時間がたったら、ぼくと父さんで、本音を話せるときがくるだろう。
ふたりきりの家族だとみとめられたきょうが、その最初の一歩だ。
ぼくたちはそのまま、ヨウコの仏壇の前で、これからのことを話した。
ピンぼけのヨウコが、そんなぼくらを見ていた。
こっちをのぞきこむような、興味しんしんな顔で、ぼくらを見ていた。

解説

# 家族の物語――「つながる」から「離れる」まで

児童文学評論家　林　美千代

家族っていったい何だろう?

そう思ったことはありませんか。

家族のカタチはいろいろ。血がつながっていなくてもなかよく暮らす家族がいるし、離れていても大切な家族だ、という人もいるでしょう。かけがえのない家族ですが、いいときばかりではありません。もっと自分に関心を持ってほしいと願ったり、こんなうるさい親いなければいいのにとこっそり思ったことのある人もいるでしょう。

この本にはいろいろな家族にまつわる話が五作入っています。

「わすれてもいいよ」(学習研究社、二〇〇〇年)は、ひょんなことから知り合いの子どもをあずかることになった一家の話。一歳十か月のイヤイヤ期の子どもは大声で泣くし、熱は出す。寝る間もないくらい世話は大変! 作者の渋谷愛子はユーモアたっぷりに一歳児がひきおこす珍事件を描きます。そして「育児は、ひきうけた!」と育児参加宣言をした小五の勇太、「子どもを育てるのって、うきうき、はらはら、わくわく、しんみり、どきどき……」というお母さん、忙しいお姉さん、無関心だったお父さんまで、成長する幼児の姿に引きこまれていく一家の様子がさわやかに描かれます。

なかよくなった人との別れでは、たいていの人が「いつまでもわすれないからね」といって別れます。それなのに「わすれてもいいよ」っていったいどういうことでしょう。この言葉にこめられた主人公の、そして作者の深い思いがうかがえます。渋谷愛子はこの作品で二〇〇一年に第三十四回日本児童文学者協会新人賞を受賞しました。ほかにも『あきかんカンカラカンコン』（学習研究社）などの作品を書いています。

「井戸掘り――'60たくやの冬――」（『月夜のバス』新日本出版社所収、一九九五年）は一九六〇年、水道のないところもまだ多かったころ、からっ風の吹く開拓地での話です。日雇い仕事で生計をたてているたくや一家は、総出で井戸掘りの仕事をします。掘った土をたるに入れ、子どももふくめた二家族六人でロープを引っぱって地上に上げます。何度も何度もロープを引っぱり上げ、二日がかりでやっと水が染み出てきたときのうれしさは格別です。たくやは小五。遊んでいたい年ごろだけどお手伝いもしなくちゃいけないのは現代の子どもも同じですね。たくやの視点で語られる共同作業の様子を読んでいくと、貧しい家族の温かい絆、家族への信頼感が細部の描写からも浮かんできて、心うたれます。

作者の高橋秀雄は、鬼怒川近くに住む人々の暮らしや少年たちの姿を生き生きと描いた『やぶ坂に吹く風』（小峰書店）で二〇〇九年度第四十九回日本児童文学者協会賞を受賞しました。ほかにも日本の原風景ともいえる、自然が身近にある生活を描いた作品が多くあります。

「とおかいさん」を描いた沖井千代子は瀬戸内の町で育ち、広島の原爆や瀬戸内の民話を題材に多く書いてきました。この作品が入った短編集『空ゆく舟』（小峰書店、二〇〇一年）で、二〇〇二年第四十二回日本児童文学者協会賞と第三十二回赤い鳥文学賞を受賞しました。主人公のとおかいさんは買い物を頼まれて遠くの町へ出かけ、せっせと歩いて荷物を運んでいます。無口ですが、子どもたちを見ると声をかけずにいられないほどの子ども好きです。そのとおかいさんが子どもに話しかけなくなってしまいました。短編の名手沖井は、短い文章の中に、登場人物の心の歴史まで描き出していきます。

短編集全体を読むと、とおかいさんの哀しみは先の大戦をくぐりぬけてきた多くの人々の哀しみであり、公害や気候変動で変わってしまった海や、そこに住む生き物の哀しみであることに気づきます。静かな波の音が聞こえてくるような作品を読みすすむうち、私は「生きていくこと」の真実に近づけるような気がしてきました。

「きみに連帯のメールを」（『飛ぶ教室　復刊特別号』「連帯のメールをおくる」改題　光村図書出版、二〇〇五年）の語り手は、すぐ切れて問題を起こし、二人暮らしの母親を泣かすことのある「俺」です。俺は隣の隣の部屋に住んでいる独身のゆうちゃんが「欲望の対象でも愛情の対象でもない」おばさんなのに気になります。ゆうちゃんとひょんなことからふたりでおでんを食べることになった俺。「女がひとりで生きていくのは大変なのよ」というのは母親の口癖だけど、ゆうちゃんにも何か泣きたいことがありそうです。チョイ悪の中学生が、大人と子どもの狭間にある心をかいま見せる、涙とユーモアの短編です。

石井睦美には、『卵と小麦粉それからマドレーヌ』（BL出版）や『皿と紙ひこうき』（講談社、二〇一一年に第五十一回日本児童文学者協会賞を受賞）など、十代の男女を主人公に家族の問題を描く作品が多くあります。石井作品には格好いい生き方の若者や親が登場し、大人と子ども、男と女、悪い人とよい人、田舎と都会など諸々の境界を軽やかに超えてみせます。

ほかにも、おしゃまな女の子を描いた「すみれちゃんシリーズ」（偕成社）の幼年文学や、絵本、翻訳、大人向け小説の分野でも大活躍です。サラ・マクメナミー作『ジャックの新しいヨット』（BL出版）の翻訳では、二〇〇六年第五十三回産経児童出版文化賞大賞、『わたしちゃん』（小峰書店）で二〇一五年第二十六回ひろすけ童話賞など、受賞作も多くあります。

草野たき『ハーフ』（ポプラ社、二〇〇六年）の主人公は小六の真治。お父さんの話によると、なんと、犬とお父さんが大恋愛をした末に結婚し生まれた子だというのです。お父さんは毎日会社へ行き、家事も完璧にこなすやさしい父親。でも家で飼っている愛犬が母親なんて、信じられませんよね。真治は不思議に思いながらも父に真相を聞くことができません。突然犬のヨウコが行方不明になって、必死に捜しまわる父。なぜ父が犬を母というのか、なぜ犬のヨウコの行方不明にこんなにも動揺するのか。読みすすむうちに切ない理由がわかってきます。ヨウコの死をきっかけに、父と子が対等な人間として新しい関係を結びなおしていく結末は、涙なくして読めませんでした。また、真治を励ます女友だちの三浦がぶっきらぼうでワケありなのですが、とても魅力的な存在になっています。二〇〇七年第四十七回日本児童文学者協会賞を受賞したこの作品は、大人になれない親を描いた先駆的作品といえます。

草野には十代から大人まで共感できる作品が多くあります。デビュー作『透きとおった糸をのばして』（一九九九年第四十回講談社児童文学新人賞と二〇〇一年第三十回児童文芸新人賞を受賞）や『教室の祭り』（岩崎書店）など、友情を描く作品では、人のわがままやいじわるなど人間の悪い面まで、まるごといとおしく描いています。そして読者に、あなたは本当に自分を偽らないで生きているの？　と問いかけます。がまんしなくていいのよ、身近な人に言いたいことを伝えようよ、と呼びかけます。多くの十代の人たちへ励ましのメッセージになるでしょう。

一世紀以上も読み継がれてきた海外の児童文学には、「赤毛のアン」や「小公女」のように温かい居場所を求めて、たくましく生きる孤児たちの物語が多くあります。日本でも家族は、現実生活を描くリアリズム文学の中心テーマとなってきました。一九七〇年代からは社会の状況を反映して、いじめや離婚など人間関係の崩壊を描く作品も現れました。そして二十一世紀の今、親の問題をのりこえ、子どもが自分で生き方を模索する過程を描いた作品が出てきています。そのなかには、互いの理解を深めてつながりを強くする生き方や精神的自立、経済的自立を果たす生き方があります。またそこには支配や虐待などの負の関係性から離れる選択もふくまれているのです。

家族を単位に社会生活を営んで暮らすのが、人がほかの動物と違う点だといわれます。現代の家族は、つながり方やひとりひとりの役割分担もさまざまです。これらの作品から現代に合った家族の物語、ひいては、「自分の物語」へのヒントが見つけられることを願っています。

## 渋谷愛子 しぶや・あいこ

一九五四年、仙台市に生まれる。

二〇〇一年『わすれてもいいよ』で第三十四回日本児童文学者協会新人賞受賞。作品に、『ドアのむこう』『コケッコにいたん　とさか頭にゃわけがある』『あきかんカンカラカンコン』（以上、学習研究社）がある。青森県在住。

## 高橋秀雄 たかはし・ひでお

一九四八年、栃木県に生まれる。

二〇〇九年『やぶ坂に吹く風』（小峰書店）で第四十九回日本児童文学者協会賞受賞。作品に『釣りに行こう！』（文研出版）、『地をはう風のように』（福音館書店）、『朝霧の立つ川』（岩崎書店）、『黄砂にいどむ　緑の高原をめざして』（新日本出版社）などがある。栃木県在住。

## 沖井千代子 おきい・ちよこ

一九三一年、愛媛県に生まれる。

二〇〇二年『空ゆく舟』（小峰書店）で第四十二回日本児童文学者協会賞、第三十二回赤い鳥文学賞受賞。作品に『赤い円ばん　あんパン号　くまのチロ吉ものがたり』『おかしな火星人』（ともに偕成社）、『こちら、いじめっ子対さく本部』（金の星社）などがある。愛知県在住。

## 石井睦美 いしい・むつみ

一九五七年、神奈川県に生まれる。

一九九〇年『五月のはじめ、日曜日の朝』で第八回新美南吉児童文学賞、二〇〇一年『皿と紙ひこうき』（講談社）で第五十一回日本児童文学者協会賞、『わたしちゃん』（小峰書店）で第二十六回ひろすけ童話賞受賞。作品に『ご機嫌な彼女たち』（角川書店）、『卵と小麦粉それからマドレーヌ』（ポプラ社）、『キャベツ』『つくえの下のとおい国』（ともに講談社）、「すみれちゃん」シリーズ（偕成社）などがある。東京都在住。

## 草野たき くさの・たき

一九七〇年、神奈川県に生まれる。

一九九九年『透きとおった糸をのばして』で第四十回講談社児童文学新人賞を受賞。二〇〇一年、同作で第三十回児童文芸新人賞を受賞。作品に『Q→A』（講談社）、『グッドジョブガールズ』『リリース』（ともにポプラ社）、『ハッピーノート』（福音館書店）などがある。神奈川県在住。

日本児童文学者協会創立七十周年記念出版

# 「児童文学　10の冒険」刊行に寄せて

児童文学というジャンルは、大人の作者が子どもの読者に向けて語る、というところに特徴があります。そのため、時に押しつけがましく語り過ぎたり、時に大人の側の独りよがりになってしまったりするようなことも、なしとはしません。ただ、そこに児童文学を書くことの難しさやおもしろさもあり、わたしたちは読者である子どもたちと、そして自身の中にある「子ども」とも心の中で対話しながら、さまざまな作品を書き続けてきました。

このシリーズは、児童文学の作家団体である日本児童文学者協会が創立七十周年を迎えたことを記念して企画されました。先に創立五十周年記念出版として刊行された『『心』の子ども文学館』（全二十四巻、日本図書センター刊）に続くものです。協会が創立されたのは太平洋戦争敗戦後まもない一九四六年のことで、その時代とはもとより、『心』の子ども文学館」が刊行された二十年前に比べても、大人と子どもとの関係は大きな変化を見せ、児童文学もさまざまに変貌しています。

主に一九九〇年代以降の、日本児童文学者協会の文学賞（協会賞・新人賞）の受賞作品や受賞作家の作品、そして同時代の他の文学賞の受賞作家の作品、長編と短編を組み合わせて一巻ずつを構成したこのシリーズを、わたしたちは、「児童文学　10の冒険」と名づけました。「希望」が語られにくい今の時代の中で、大人と子どもがどのようにことばを通い合わせていくことができるのか。それはまさに「冒険」の名に値する仕事だと感じているからです。

今子ども時代を生きている読者はもちろん、かつて子どもであった人たちも、本シリーズに収録された作品たちを手掛かりに、それぞれの冒険の旅に足を踏み出せるよう願っています。

日本児童文学者協会「児童文学　10の冒険」編集委員会

## 出典一覧

渋谷愛子『わすれてもいいよ』(学習研究社)
高橋秀雄『月夜のバス』(新日本出版社)
沖井千代子『空ゆく舟』(小峰書店)
石井睦美『みじかい眠りにつく前にⅡ』(ジャイブ ピュアフル文庫)
草野たき『ハーフ』(ポプラ社)

「児童文学 10の冒険」編集委員会
津久井 惠・藤田のぼる・宮川健郎・偕成社編集部
装 画……牧野千穂
造 本……矢野のり子（島津デザイン事務所）

児童文学 10の冒険

# 家族のゆきさき

発行 二〇一八年三月 初版一刷

編者 日本児童文学者協会
発行者 今村正樹
発行所 株式会社偕成社
〒一六二-八四五〇 東京都新宿区市谷砂土原町三-五
電話〇三-三二六〇-三二二一(販売部)
〇三-三二六〇-三二二九(編集部)
http://www.kaiseisha.co.jp/

印刷 三美印刷株式会社
製本 株式会社常川製本

NDC913 284p. 22cm ISBN978-4-03-539730-4

乱丁本・落丁本はおとりかえいたします。
本のご注文は電話・ファックスまたはEメールでお受けしています。
電話〇三-三二六〇-三二二一　ファックス〇三-三二六〇-三二二二
e-mail : sales@kaiseisha.co.jp

時間をめぐるお話を各巻５話収録

5分間の物語

1時間の物語

1日の物語

3日間の物語

1週間の物語

5分間だけの彼氏

おいしい1時間

消えた1日をさがして

3日で咲く花

1週間後にオレをふってください

日本児童文学者協会 編

むかしもいまもおもしろい

# 古典から生まれた新しい物語

全5巻

日本児童文学者協会・編

〈恋の話〉迷宮の王子　スカイエマ・絵

〈冒険の話〉墓場の目撃者　黒須高嶺・絵

〈おもしろい話〉耳あり呆一　山本重也・絵

〈こわい話〉第三の子ども　浅賀行雄・絵

〈ふしぎな話〉迷い家　平尾直子・絵